Scrittori italiani e stranieri

Marta Pastorino

Il primo gesto

ROMANZO

MONDADORI

www.librimondadori.it

Il primo gesto
di Marta Pastorino
Collezione Scrittori italiani e stranieri

ISBN 978-88-04-62466-0

I edizione gennaio 2013

Il primo gesto

1

Sono rimasta con la signora Maria fino al giorno in cui è morta. Appena ho lasciato la sua casa, ho partorito, ero al settimo mese, si sono rotte le acque, ho preso un taxi di mattino presto per andare all'ospedale. Era buio come se fosse stata notte fonda. Ero sola.

Ho passato la notte nell'abitazione silenziosa, dopo che hanno portato via il corpo. Mi sono seduta per terra, dove prima c'era il letto da ospedale, che adesso era smontato a fianco e un grande vuoto riempiva la stanza con le piastrelle marroni. Sono stata lì sul pavimento freddo, accarezzando la pancia che mi faceva male, e la signora Maria c'era ancora. Il suo corpo no, non più, ma io la sentivo, rendeva l'aria densa, come un respiro dietro di me, dal muro bianco si propagava sulla mia pelle. Mi sono spaventata. Alle cinque, mi sono svegliata di soprassalto che ero bagnata tra le gambe, ho chiamato un taxi e sono andata all'ospedale. Non credevo che sarei stata capace di farlo, ero terrorizzata.

Quando il bambino è venuto al mondo, non l'ho voluto vedere, non l'ho preso tra le braccia, non ho saputo se era maschio o femmina.

«È andata.» L'ostetrica ha detto solo questo.

Poi l'hanno avvolto in un telo e portato in un'altra stanza.

Più tardi, prima di sera, sono arrivate due donne, la psicologa e l'assistente sociale, volevano sapere se ero sicura di quello che stavo facendo. Non ho detto nulla, io. Non ho parlato proprio. Mi hanno chiesto di prendermi del tempo, oppure di firmare un foglio. La mia privacy sarebbe stata rispettata, l'ospedale si sarebbe fatto carico di tutto. Forse cercavano di rassicurarmi, ma io non ascoltavo. Annaspavo, com'era successo alla signora Maria, e ai suoi ultimi respiri.

La mia mano tremava.

Nel letto a fianco al mio, c'era una cinese. Anche lei non voleva il suo bambino, ma solo per non attaccarlo al seno, diceva che si doveva riposare, invece glielo portavano perché piangeva, non era proprio un pianto, sembrava il verso di un animale. C'era una ragazza seduta accanto al suo letto, continuava a dire: «Mia sorella deve riposare. Non può allattare». Lo ripeteva alle infermiere che entravano.

Mentre l'assistente sociale mi parlava, ritornavano gli anni con la signora Maria, e pensavo a come erano precipitate le cose negli ultimi mesi, a come tutto poteva andare in modo diverso e invece è andato così, ci sono le coincidenze, e questa è la mia storia. Non l'ho deciso prima. Avevo un senso di nausea in bocca, ma non ho pianto, subito.

2

All'inizio c'era la routine, c'era Graziella, sua figlia, che passava da casa ogni giorno. La vecchia, anche se non ci vedeva, si alzava dal letto per bere il tè con le fette biscottate o con un pezzo di focaccia. Restava seduta nella cucina, che era la stanza più luminosa, con le piastrelle chiare, il tavolo in formica color panna, le sedie di paglia dipinte di bianco. Potevano essere le undici, io avevo già alzato le tapparelle da qualche ora, scostato le tende, avevo fatto cambiare l'aria e dato da bere ai fiori sul balcone. Ogni volta guardavo di sotto, dal nono piano, e mi domandavo come sarebbe stato volare giù, per una svista, per una sbadataggine, mi faceva paura.

Da lì, le dicevo: «Stia un po' seduta, Maria, che le fa bene. È una bella giornata», ma lei non poteva vederla perché era cieca.

È stato così per due anni.

Sua figlia ogni giorno le preparava qualcosa da mangiare, glielo lasciava nel piatto, coperto con un tovagliolo, e mi diceva: «Anna, vedi tu se ne vuole un po'. Magari a te dà retta».

Poi passava da lei, seduta sulla poltrona in salotto, ma non la baciava, non le appoggiava una mano sulla spalla.

«Allora io vado» diceva, per salutarla.

Maria restava immobile, sulla sua poltrona, sembrava assorta, ma quando sentiva che lei se ne stava andando la richiamava per sapere di Giovanni, le domandava se aveva telefonato, se lo aveva sentito per caso prima di passare di lì. Graziella non sempre rispondeva. Ogni tanto mi chiedevo se Giovanni, suo nipote, esisteva davvero.

L'ultimo anno, la signora aveva sempre meno voglia di alzarsi dal letto. Quando ha deciso di non farlo più, stare con lei è diventato difficile.

Adesso cacciava un urlo ogni volta che la toccavo, avevo le mani fredde. Avevo sempre le mani fredde, secondo lei. Dovevo avvisarla con la voce, dirle che mi stavo avvicinando. Si lamentava che le facevo male, non si voleva più far lavare. La pulivo con una pezza inumidita, tiepida, con un po' di sapone di marsiglia, come sempre, l'unico che accettava, ma urlava che la volevo ammazzare.

Un giorno, verso la fine, quando ha sentito sua figlia entrare nella stanza, le ha chiesto di avvicinarsi al letto. Graziella si è chinata su di lei, la vecchia le ha preso una mano, stringendola.

«Devi far venire qui un medico» le ha sussurrato, «mi sento male.» Era la prima volta che lo diceva con quel tono, non si era mai lamentata seriamente.

Il dottore ci ha fatto chiamare un'ambulanza per ricoverarla d'urgenza all'ospedale.

"E adesso?" mi sono detta. Certo le cose stavano per cambiare, la mia pancia era sempre più grossa, prima o poi qualcosa sarebbe successo, ma non immaginavo così in fretta.

Mi sono guardata le caviglie, erano diventate gonfie e le scarpe stringevano.

«Anna, tu puoi restare ancora, vero?» mi ha chiesto Graziella. «Mia madre non si fermerà molto in ospedale, ne sono sicura.»

«Signora...» le ho risposto «certo.»

«Poi avrai bisogno tu di una mano» ha continuato. «Come farai?»

Mi si è stretto lo stomaco.

«Non mi sembra il momento per parlare di questo» le ho detto, e mi sono alzata dalla sedia. C'era da pensare a Maria, piuttosto, a come si sarebbe organizzata, ma lei lo sapeva, aveva già deciso di non sostituirmi, si sarebbe occupata personalmente di sua madre. Non voleva chiamare nessun altro.

Quando la vecchia è stata dimessa, una settimana dopo, e l'hanno riportata a casa, ha cominciato a raccontare di cose che nessuno sapeva riconoscere, e a fare una danza con le mani. Sfiorava le lenzuola, distesa sul letto, avvolta nella camicia verdina, la osservavo ogni tanto, adesso che era così innocua, silenziosa, le mani affusolate, la pelle sottile e macchiata sulle ossa delle dita che si muovevano.

Aveva smesso di fare forza, di premere con le mani sul materasso per spostare il bacino, di aggrapparsi al mio braccio per girarsi su un fianco, di sollevare la schiena, di stringere la mano di chi le stava passando il cucchiaio per versarle il tè in bocca, aveva smesso di combattere con sua figlia, mentre cercava di tenere dritto il bicchiere e non rovesciare tutto. Aveva smesso di aprire la bocca per mangiare o per bere.

Succhiava da una cannuccia che le spingevo nella fessura delle labbra dicendole: «Ecco il tè con un po' di latte, quello che le piace», anche se in verità non era né uno né l'altro, ma solo un beverone energetico prescritto dai medici.

Ha smesso di fare la cacca, per un po', ma il giorno in cui le è tornato lo stimolo, mi ha chiamato all'improvviso, mi sono avvicinata, m'implorava di tirargliela fuori. Aveva delle fitte intense. Le feci si erano trasformate in un fecaloma.

«Deve spingere, signora Maria» le dico, quando mi chiede di aiutarla. Non riesco a guardare. Mi giro, sospiro. Mi sorprendo ad accarezzarmi la pancia, mentre sto lì ai piedi del letto, inutile, con la vecchia che si lamenta perché fa male, non ce la fa, la cacca è troppo dura.

Mentre tengo la mano sul ventre, sento un colpo, so che è il bambino che si muove, ma mi spavento, mi fa paura e vorrei che non fosse lì, a galleggiare dentro di me, ho voglia solo di uscire, di sedermi sugli scogli, come facevo prima, quando non ero incinta, e andavo davanti al mare.

Quella sera, invece di addormentarmi, accendo la televisione in salotto. È tardi, mi fermo su un canale che trasmette la replica di una puntata di un vecchio talk show. Presentano un attore di teatro. Continua a ripetere che lui non esiste, che lui non è, che il suo lavoro non è.

Lo guardo negli occhi, sono scuri. Tra il pubblico, una ragazza prende in mano il microfono e gli rivolge una domanda, con la voce tremolante.

"Io l'ho vista" dice. "Lei mi ha emozionato. Se afferma questo, come posso fare io a non esistere?"

"Per prima cosa deponi la volontà" le risponde lui.

La ragazza annuisce.

Deponi la volontà.

Spengo il televisore.

Percorro il corridoio per andare a vedere la signora Maria.

Graziella è lì, ai piedi del letto. La sua anziana mamma sta sdraiata, con le ginocchia tirate su e la figlia è piegata su di lei, tra le sue gambe, le mani rivestite dai guanti in lattice. Sono appoggiata alla porta della camera, resto in silenzio. C'è odore di chiuso. La figlia alza gli occhi verso di me, ci guardiamo senza dire niente.

«Non ce la faccio. Graziella, fammi morire.»

«Mamma, dài, spingi.»

«Mario, dove sei?» chiede.

«Tuo fratello è morto, mamma» le risponde Graziella, automaticamente.

Maria inizia ad agitarsi, a battere le gambe sul letto e a urlare.

«Coprimi!», si arrabbia.

Più tardi si sveglia di nuovo.

«Graziella!»

Io apro gli occhi, di soprassalto. Scivolo verso la camera.

«Mi fa male la pancia» dice.

Graziella si è tirata su di scatto. Ha acceso la luce del comodino.

Aveva bagnato il letto. Non diceva più nulla, sembrava arresa. Si faceva pulire e girare da una parte e dall'altra per infilare un lenzuolo asciutto e rincalzarlo togliendo quello sporco.

Teneva gli occhi sbarrati, mi sembravano umidi, ma in verità non l'ho mai vista piangere, mi sono avvicinata con il viso a lei come per darle un bacio. Avevo la mia faccia a pochi centimetri dalla sua e lei restava immobile, e non diceva nulla, io anche, ma solo la guardavo: le cispe gialline, le mucose che si formano intorno alla palpebra e i peli sotto il mento, e in quell'istante era come se mi stessi vedendo allo specchio, era come se lei fosse stata me, o fosse stata mia nonna, o la mia bisnonna. Era un'antenata, il presente e il passato si mescolavano insieme.

Ho posato una mano sulla pancia, negli ultimi giorni il bambino si muoveva continuamente.

Avevo il viso così vicino al suo, stava immobile, ma di sicuro mi sentiva e a un certo punto ha detto:

«Mario, sei tu?»

Io mi sono tirata indietro.

Poi è tornata Graziella dal bagno.

«Mamma» le ha detto, «ora ti devo mettere lo spray, quello che ti asciuga le piaghe.»

«No, è freddo» ha risposto Maria, ma non ce la faceva davvero più a combattere, si sentiva dalla voce. «No, ti prego.»

Era notte fonda, io e Graziella ci siamo ritirate in cucina.

«Vuoi una camomilla?» mi ha chiesto.

Ha messo su l'acqua. Avrei dovuto farlo io, lo stipendio

me lo pagava lei. Era grazie a loro se avevo dei soldi da parte e un posto dove stare, ma mi sentivo spossata.

Ho bevuto la camomilla calda, la fronte ha iniziato a sudare, ma non mi sono alzata ad aprire la finestra, ho lasciato che il calore mi sopraffacesse, che sopraffacesse ogni cosa.

Ho guardato Graziella, stringeva la sua tazza tra le mani e mi è sembrato che pregasse, ma forse farneticava, nell'insonnia forzata di quelle ultime notti, sussurrava qualcosa tra sé e sé, aveva lo sguardo di una bambina spaurita, il fumo usciva dalle nostre tazze, i vetri della finestra a poco a poco si sono appannati.

Poi si è girata verso di me.

«Hai deciso il nome per il bambino?» mi ha chiesto. Sorrideva, ma aveva gli occhi umidi.

«Cosa?» sono trasalita dal silenzio in cui ero avvolta, ero seduta su quella sedia e mi sentivo pesante e grossa come una balena.

Si aspettava una risposta.

«Secondo me è un maschietto» mi ha detto, «io, lo sai, ti potrei dare una mano.» Ha aggiunto: «Potrei...», ma non ha finito la frase.

Ho posato la tazza sul tavolo e mi sono alzata, non riuscivo a ricambiare il suo sguardo.

Sono andata in salotto per mettermi a letto.

Infine è successo. Maria non ha detto niente a nessuno. In silenzio, ha fatto la cacca.

È accaduto come quando studiavo alla clinica veterinaria, prima di lasciare l'università, prima di andarmene di casa, avevo vegliato per molte notti su una cavalla gravida, ma una domenica mattina, per qualche ora, non c'era stato nessuno, né studenti né medici, e la cavalla, saura, aveva dato alla luce da sola il puledro insanguinato.

Questa immagine ho ancora di lei, di Maria, che danza con le mani e dice cose che riguardano il suo passato lontano. L'ha fatta, la cacca, poco dopo è morta.

Sono entrata nella stanza, il suo respiro annaspava, in quell'istante hanno suonato le campane di mezzogiorno giù nella piazza, sono uscite lacrime dagli occhi della signora, ed è morta. Né io né sua figlia siamo arrivate in tempo.

Quella sera, Graziella è tornata a casa sua. Io mi sono sdraiata sul divano letto, senza aprirlo, mentre il corpo della morta era steso sul letto in camera.

Il bambino in pancia non si è fatto sentire, si è rannicchiato dentro di me.

Poi, il mattino dopo, sono arrivati i signori delle pompe funebri per preparare la bara.

Graziella ha scelto una camicetta di seta chiara e una gonna marrone, e così, dopo tanti anni chiusa in casa, Maria era vestita nuovamente per uscire. Non l'avevo mai vista elegante. L'avevo conosciuta in vestaglia, ora quel corpo ossuto e giallo così agghindato mi faceva venire voglia di piangere, ma ho trattenuto le lacrime. Graziella invece era rossa in viso, aveva gli occhi gonfi.

Poi sono arrivati alcuni parenti che non conoscevo, di cui non avevo sentito parlare; stavo lì, ma ero un'intrusa. Volevo uscire, ma volevo anche restare. Mi aspettavo che Giovanni, il nipote della vecchia, arrivasse da un momento all'altro. Così l'avrei visto ora che era adulto, e non solo nelle foto che Maria aveva appeso dappertutto del nipote neonato, bambino, ragazzino. Desideravo scoprire com'era cresciuto, com'era cambiato, ma quel giorno non si è fatto vedere.

Alle quattro del pomeriggio gli uomini hanno chiuso la bara e la signora Maria è partita.

«Domani sarà cremata» mi ha detto Graziella, avvicinandosi. «Ci sarai?»

Io ho annuito.

«Anna» ha continuato lei, «stai tranquilla, ti pago fino alla fine del mese. Finché non decidi dove andare, stai qui, puoi farlo. Poi, capiremo come sistemare la casa.»

E ha ricominciato a piangere.

«Grazie» le ho detto. «Di sicuro questa notte mi fermo. Non mi piace che si svuoti di colpo.»

E lo pensavo davvero.

«Domani ci sarò. Non si preoccupi. Ci sarò» ho concluso.

E invece, è andata in modo diverso. La mattina dopo, alle sei ero all'ospedale, per partorire il bambino di sette mesi, che aveva rotto le acque, all'improvviso, prima del tempo. Io non ero pronta e non lo era nemmeno lui.

Mi hanno dato un farmaco per aiutare i polmoni del bambino a crescere, mi hanno detto.

Poi, mi hanno dato un antibiotico.

A mezzogiorno sono iniziate le contrazioni, nessuno mi ha chiesto più niente, e io neanche.

Dopo appena tre ore, questo bambino è venuto al mondo, prematuro, solo, a occupare il posto lasciato da una vecchia di novantatré anni.

3

Il bambino è stato concepito in una notte di festa, a fine novembre.

Avevo ricevuto un invito a uscire da parte della ragazza bionda ossigenata che lavorava al bar sotto casa di Maria, con cui scambiavo qualche parola quando scendevo a fare la spesa e mi fermavo per un pezzo di focaccia e un bicchiere d'acqua gasata.

Fino al giorno prima, non pensavo che sarei andata. Poi, all'ultimo, avevo accettato.

Mi aveva avvisato che si trattava di una serata in maschera, a casa di un suo amico, l'avevo guardata stupita, scettica, e lei mi aveva spiegato che io potevo per esempio vestirmi anni Settanta, e che poi, dopo la cena sarebbero accadute altre cose.

Quando, alla fine, avevo deciso di andare, avevo chiesto alla signora Maria se per caso possedeva qualcosa di quel periodo, avevo preso il suggerimento alla lettera. Lei mi aveva risposto di frugare nei suoi armadi che di sicuro qualcosa di buono l'avrei trovato. C'era un vestito che mi piaceva, era un abito bordeaux, di seta, sembrava nuovo, aveva le maniche a sbuffo, ed era un poco trasparente. Con una cintura in vita, non sarebbe sembrato largo. Lo tirai fuori dall'armadio per provarlo, ma non mi sarei fatta vedere da Graziella con quello indosso, mi vergognavo.

Doveva arrivare per le otto, avrebbe passato lei la serata con sua madre, così lo misurai in fretta davanti allo specchio in fondo al corridoio. Ero agitata, tremavo leggermente.

Poi era arrivata, e io avevo ripiegato di corsa il vestito nella borsa, l'avevo salutata con un cenno, portavo i jeans e un maglione di lana. Avevo infilato gli stivali con un po' di tacco, l'unico paio di scarpe da donna che mettevo. Sulla porta, mi disse che era contenta di vedermi uscire finalmente con qualcuno della mia età.

In auto non avevo osato tirarlo fuori. La ragazza aveva delle calze a maglia a righe, un tubino stretto e scuro, il nero della matita sfumato intorno agli occhi. Quando ero salita, non aveva commentato il mio abbigliamento. Sembrava che le andassi bene così. Restai zitta per tutto il viaggio, non mi veniva in mente niente da dire.

Appena entrate, incontrammo tre ragazze, oramai non mi potevo più cambiare. Avrei potuto infilarmi il vestito in ascensore, o prima ancora, in casa, invece avevo rimandato e ora lo lasciavo piegato nella borsa, non mi sentivo a mio agio.

Una di loro mi è venuta incontro, ma non mi guardava negli occhi, ha allungato la mano verso di me, poi mi ha abbracciato come se ci fossimo sempre conosciute. Mi ha dato un bacio sulla guancia. Sapeva di fumo.

«Sei la benvenuta» mi ha detto. Indossava una parrucca arancione, aveva gli occhi azzurri e molti anelli d'argento alle dita delle mani.

Mi sono tirata indietro.

Ho cambiato stanza, sono entrata in sala e ho visto due ragazzi seduti per terra. C'erano delle carte da gioco sparse ai loro piedi.

Si sono girati a guardarmi.

«Da che ti sei vestita?» mi ha chiesto uno di loro.

«Da niente.»

«Vuoi del vino?»

Più tardi ci siamo seduti in cerchio sui cuscini sopra al tappeto. Io avevo bevuto diversi bicchieri, avevo lo stomaco vuoto, ero su di giri. C'era una stampa appesa alla parete di fronte a me, e ho iniziato a fissarla, mentre le persone intorno parlavano tra di loro. Riproduceva un disegno stilizzato, semplice, un cielo di nuvole da cui scendevano quattro fulmini, che non erano fulmini ma serpenti, o almeno così mi sembrava.

Simone, il proprietario della casa, restando in piedi, ha detto a tutti:

«Cari amici, benvenuti... per stasera, vi abbiamo preparato una sorpresa!»

Parlando, traballava. Ha guardato la sua amica con cui divideva l'appartamento, che ha ricambiato uno sguardo complice.

«È solo un gioco», e si è messo a spiegare.

Me ne vado, mi sono detta, me ne devo andare, ma qualcuno in quel momento mi ha versato altro vino. Mi sentivo le labbra pungere. Ero confusa, pensavo ai vestiti e alle sue indicazioni: dovevamo dividerci in coppie, e a quel punto ci saremmo scambiati gli abiti, c'era una stanza allestita apposta, c'erano costumi in più, per tutti.

Così ho pescato il mio biglietto. Mi sono trovata tra le dita il nome di Simone. Ed è stato lì che l'ho guardato in faccia, era molto magro, l'alone delle occhiaie incupiva lo sguardo, i riccioli castani scendevano lunghi sulle spalle.

Ci siamo messi uno di fronte all'altra, seduti sulle ginocchia, sul tappeto della sala.

«Chiudi gli occhi, così ti guardo. Dopo, ti dirò da cosa ti vestirai» mi ha detto.

Ha sorriso, era come se fossi nuda davanti a lui. Il cuore mi batteva forte e un calore mi ha acceso le guance e si è annebbiata la vista, perché lui non mi conosceva, non sapeva nulla di me.

È stato come quando avevo sedici anni, quando mio padre teneva d'occhio il telefono di casa, in sala, e ascoltava le mie conversazioni. Allora mi vergognavo, e rispondevo solo sì o no. Non dicevo nient'altro, qualche frase che non lasciava trapelare intenzioni. Mio padre abbassava il volume del televisore, nessuno fiatava. Mio fratello Matteo spariva in camera da letto.

A poco a poco, di telefonate non ne ricevetti più, ma non m'importava, me ne stavo chiusa in camera a sfogliare le pagine fini del dizionario per tradurre la versione di latino, mentre cercavo di concentrarmi e non sentire la musica alla radio che aveva acceso Matteo.

Ora avevo ventiquattro anni e di tempo con i ragazzi ne avevo passato poco.

Mi sono trovata da sola nella stanza dei vestiti, un brusio e risate provenivano dalle altre zone della casa, e ho iniziato a frugare con frenesia tra le stoffe sparse sui letti. Ho infilato tra i capelli un fiore di stoffa, e ho messo alcune collane, poi ho tolto i jeans e provato una gonna, ho sfilato via il maglione, allo specchio mi sono guardata il seno e le spalle nude. Sono rimasta per un po' a osservarmi, mi faceva uno strano effetto questo gioco. Ho indossato un top. Non ne avevo mai provato uno. Tenevo in mano un foulard, l'ho legato intorno alla vita, come una cintura. Era la prima volta che mi vestivo così.

Dopo cena, Simone mi ha fatto ballare. Ballavano tutti, hanno smorzato le luci e a un certo punto c'è stato un botto, fuori in strada, mi sono spaventata, forse qualcuno ha scoppiato un petardo, i vetri sottili delle finestre hanno tremato, ho chiuso gli occhi per un istante, e il suo corpo era così vicino, mi ha afferrato per un braccio, mi ha portato con sé in camera e ha chiuso la porta dietro di noi.

Sono rientrata a casa della signora Maria alle sette del mattino. In silenzio e in punta di piedi come se fossi una ladra, ho aperto la borsa e tirato fuori il vestito bordeaux, che ho riappeso nell'armadio, così com'era, spiegazzato. Mi sono sfilata gli stivali, in salotto, e seduta un momento sul divano letto, che Graziella aveva già aperto e preparato per la notte pensando, magari, che sarei tornata prima e non alle sette del mattino. Mi sono sdraiata, ancora vestita, mi girava la testa. Ho infilato una mano dentro i jeans, nell'umido delle mutande, ho sentito un bruciore, e quando mi sono guardata le dita ho visto che si erano macchiate, erano sporche di sangue, la prova che quella notte era andata davvero così.

Per diverse settimane ho aspettato le mestruazioni. Il seno era gonfio e mi dicevo ecco ci sono, andavo in bagno, ma niente. Ho iniziato a pensare ogni momento al fatto che dovessero arrivare, poi un giorno sono scesa giù al bar, potevo forse chiedere un consiglio alla ragazza bionda della festa.

Sono entrata. Stava servendo da bere a un uomo che guardava fisso il televisore acceso alla parete. Trasmetteva un videoclip musicale.

Abbiamo parlato del più e del meno per un po', come molte altre volte. Poi, a un certo punto, mi ha detto:

«Sono contenta che sei scesa, ti volevo parlare di una cosa.»

«Dimmi.» Ho pensato a Simone, che volesse parlarmi di lui, che le avesse detto qualcosa su di me, su quello che era accaduto alla festa.

«È vero che studiavi veterinaria?»

«Sì» ho risposto, agitata per i miei pensieri, per quello che volevo chiederle. «Perché?»

«Vorrei farti vedere qualcosa. Vuoi venire sul retro un momento?»

L'ho seguita verso la porta che dava su una stanza privata con un forno a microonde, un tavolino e dei poster appesi con immagini di fiori.

«Ecco» mi ha detto. «L'ho ricevuto in regalo per il compleanno ma credo che abbia un problema.»

Sul pavimento c'era un micino nero accanto a una tazza piena di latte, era piccolo, doveva avere qualche mese. Mi sono avvicinata, lui non si è mosso.

«Guarda che io studiavo i grandi animali, i cavalli, le vacche, i maiali» le ho detto. «E poi ho lasciato a metà.»

Il micio si è sollevato sugli arti anteriori, e allora ho visto cosa aveva.

«Da quanto tempo è così?»

«Da pochi giorni. Da un momento all'altro ha iniziato a trascinarsi sulle zampe davanti, adesso non si muove più.»

«Lo devi portare subito da un veterinario. Perché non l'hai fatto prima?» le ho chiesto. Il gatto apriva e chiudeva gli occhi. «Non credo che avrai buone notizie» ho continuato.

«Non sono mai stata da un veterinario.»

Sono uscita dal bar più agitata di quando ero entrata, senza aver chiesto aiuto, senza averle domandato di Simone, senza sapere cosa fare e con il pensiero di quell'animale a cui si stavano sbriciolando le ossa. Un regalo con l'osteoporosi, le avevano dato, e probabilmente non sarebbe vissuto ancora molto.

Sono entrata in farmacia e ho comprato una confezione di test di gravidanza.

Per una settimana non sono scesa al bar. Poi un lunedì mattina mi sono fatta coraggio.

«Sono andata dal veterinario con il micio e sono uscita senza» mi ha detto lei appena mi sono avvicinata.

«Mi dispiace.»

«Penso che non prenderò mai più un altro gatto in vita mia.»

«Già» le ho risposto.

«Che cosa ti preparo?»

Ho chiesto un succo di frutta, l'ho bevuto in un sorso, e non sono riuscita a dire niente. Quando ho finito di bere, ho deciso che non le avrei parlato, e da quel giorno non sono più entrata al bar, ho cambiato strada per andare a fare la spesa o per scendere verso il mare, e quando, qualche tempo dopo, lei mi ha suonato al citofono per sapere che fine avevo fatto le ho raccontato di Maria, che era peggiorata, che non si muoveva più e parlava poco, che le cose stavano cambiando.

Tutto il resto, era meglio ignorarlo.

In fondo, quello che le stavo dicendo, era la verità. Mentre la vecchia si ritirava nel suo letto, il mio corpo aveva iniziato a trasformarsi.

Poi, un giorno, sono passata davanti allo specchio in fondo al corridoio per andare a riporre in bagno alcuni asciugamani. Era così caldo che l'inverno sembrava finito improvvisamente, la casa illuminata da una luce chiara.

Come mi capitava di fare di solito, passando di lì, ho alzato per un momento lo sguardo e l'ho posato sulla mia figura riflessa, la luce che filtrava dal bagno batteva sullo specchio e subito non mi sono riconosciuta: la mia pancia era esplosa, come una grossa palla attaccata al corpo, ma non era mia. Non potevo essere io.

4

I primi mesi, appena arrivata a casa di Maria, insistevo, la spronavo. Mi chiedevo come mai non volesse uscire per nessun motivo. La facevo arrabbiare.

«Ho novant'anni, non sono una ragazzina» rispondeva.

Non m'intimorivo, le raccontavo che giù in piazza le vecchie se ne stavano all'ombra sotto i pitosfori, sedute sulla panchina fino a sera, e così, in compagnia, avrebbero campato cent'anni. Lo dicevo per provocarla, e che lei invece non l'avevo mai vista uscire.

«A cosa mi serve se non vedo niente, a inciampare e rompermi l'osso del collo!» urlava.

Da quindici anni, da quando si era ammalata agli occhi, non aveva più messo piede fuori da casa.

Io avevo ventidue anni e nessuna esperienza da badante, eppure lei e Graziella si erano fidate subito di me, quando mi ero presentata per il colloquio. La signora Maria mi aveva messo una mano sul viso:

«Sei bella. Come ti chiami?»

«Anna.»

Non avevano chiesto della mia famiglia, di cosa ci facevo lì, e io non avevo raccontato nulla. Non era stato necessario, le persone si scelgono per istinto. Noi c'eravamo scelte reciprocamente. Io cercavo un lavoro e un posto in cui stare. Avevo telefonato subito. Non ho idea se avessero cercato qualcun altro prima di me. Avevo accettato di sistemarmi lì e lavorare a tempo pieno, con un giorno libero a settimana.

Di solito stavo in casa ugualmente oppure uscivo da sola per una passeggiata fino al mare, mi sedevo su uno scoglio e guardavo di fronte, mi stupiva il moto continuo dell'acqua. Anche quando era piatta come una tavola, l'acqua era in movimento, le piccole onde accarezzavano gli scogli e la terraferma.

Quando rientravo, mi fermavo davanti alla libreria dell'ingresso, mi colpiva quella casa piena di libri abitata da una persona cieca, che non poteva più leggerli.

Ogni tanto Maria me ne regalava uno. Non sapevo quale scegliere, non me ne intendevo molto.

«Prendilo. È tuo. Io li ho già letti tutti» mi diceva mentre lo sfilavo dallo scaffale.

Mi chiedeva di leggerle un pezzetto: «Apri una pagina a caso. Una qualsiasi va bene».

Io iniziavo, poi le domandavo se era stanca. Mi accertavo che fosse sveglia, perché spesso socchiudeva gli occhi. Allora apriva le palpebre e si capiva che lo era, tutta presa dal racconto.

«Vai avanti ancora un pochino» mi pregava, «se ce la fai.»

Così l'accontentavo, ma sentivo male alla gola, dovevo fermarmi per bere dell'acqua, però sapevo che le faceva piacere, anche se non mi credevo molto brava a trasmettere l'emozione di quelle parole scritte sulla pagina.

Quando l'hanno ricoverata in ospedale, i primi giorni sono andata a trovarla, le portavo le camicie da notte pulite, la vestaglia, e avrei potuto mettermi accanto a leggere, ma sembrava che non mi ascoltasse più.

Un pomeriggio sono arrivata a piedi e mi facevano male le gambe, l'ospedale era in cima a una salita, dovevo scegliere tra i gradini o la strada, ho fatto gli scalini e appena ho raggiunto l'atrio mi sono dovuta sedere un momento, mi mancava il fiato, ho desiderato un bicchiere d'acqua.

Il giorno prima, ero rimasta lì finché non era arrivata Graziella, e mi aveva mandato a fare una commissione. Appena fuori, mi aveva colpito una folata di vento e io avevo respirato di sollievo. Da quando ero incinta, sentivo un bisogno costante di uscire, di passare davanti al mare, alle barche a pancia in giù coperte con i teli di cerata e i ciottoli grigi e i pezzi di legno, di quelli buoni per lanciarli ai cani, che te li riportano indietro. Non avevo più voglia di stare con la vecchia. Mi faceva paura l'idea che stesse per morire.

Così mi sono fermata un po' nella sala d'aspetto prima di salire in reparto.

Ho sentito la sua voce dal corridoio. Sono entrata nella stanza e c'era Graziella che mi ha detto: «Menomale che sei arrivata».

Le stavano tenendo ferme le braccia, aveva strappato via

la flebo della trasfusione e il sangue era schizzato sui camici, sulle lenzuola, sul pavimento.

«Signora Maria, si calmi.» Mi sono avvicinata. «Sono io. Le ho portato un nuovo libro.»

Che cosa le stavano facendo? Urlava. Chi era che la toccava? Che la lasciassero in santa pace, che la riportassero a casa.

Più tardi, quando non aveva più la flebo, ed eravamo io e lei sole, mi ha chiesto di aiutarla.

«Voglio tirarmi su» mi ha detto Maria. «Per favore, Anna, aiutami, voglio andarmene via di qua.»

Allora mi sono avvicinata, era passato molto tempo dall'ultima volta in cui aveva avuto voglia di alzarsi.

Si è sollevata e si appoggiava a me, come in mille altre occasioni, sapevo che non dovevo toccarla per prima, ma lasciar fare lei, adesso avevo bisogno di molta forza per sostenerla, il suo peso mi sbilanciava, era debole e io anche, con quella pancia.

Abbiamo fatto un passo, e poi un altro, ho guardato la porta di fronte, e il corridoio fuori, a qualche metro da lì, ma le sue braccia hanno ceduto, ho allungato le mie per afferrarle il busto e lei ha risposto con uno strillo acuto e lungo, mi ha spaventato, ho mollato la presa, è caduta per terra. Subito un'infermiera è entrata nella stanza, e poi un'altra, l'hanno sollevata e rimessa a letto.

Io mi sono tirata indietro. Mi tremavano le mani. L'avevo lasciata scivolare giù dalle mie braccia senza riuscire a prenderla. Maria ha chiuso gli occhi, non ha detto più niente.

Non vedevo l'ora di uscire, ero stanca, volevo rientrare in casa, speravo di non trovare nessuno, per sdraiarmi sul divano, accendere il televisore e non dover pensare a cosa sarebbe successo dopo.

Per un po' di tempo, nei mesi prima, c'ero riuscita, a non pensare. Mi bastava evitare di fermarmi quando in casa c'era Graziella, che posava gli occhi sul mio corpo, oppure la vedevo piegare le sopracciglia, se incrociavo il suo sguardo, quando mi fissava con il desiderio di chiedermi qualcosa, se le avessi lasciato lo spazio per farlo. Mi fingevo indaffarata, mi rintanavo in cucina a strofinare con la spugna il lavandino ingiallito dal tempo, con il segno del luogo su cui l'acqua era passata ogni volta che il rubinetto era stato aperto, per quarant'anni. Oppure aprivo il frigorifero e lo svuotavo di quelle quattro cose che conteneva: un piattino con un pezzo di burro su cui restavano attaccate le briciole delle fette biscottate, un cartoccio della centrale del latte, un paio di uova ogni tanto, il tè avanzato dalla mattina o le cipolle ripiene che Graziella aveva cucinato per sua madre, nella speranza che le tornasse la memoria di quei cibi che un tempo aveva amato mangiare.

Quando ero da sola, però, con la vecchia assopita nel suo torpore, nella casa ormai tiepida e luminosa per il bel tempo che la primavera aveva portato, dal giorno in cui improvvisamente avevo visto questa pancia grande e tesa su di me, non potevo più farlo, non potevo non pensarci.

Una mattina, sdraiata nel letto, questa cosa dentro la pancia si era mossa, la mia pelle aveva iniziato a sussultare ritmicamente, ed era come se il mio cuore fosse sceso fino a lì, giù, e battesse dalle mie viscere, dal mio stomaco, come se gli organi dentro di me avessero cambiato posto, come se fossero impazziti.

Mi ero spaventata.

Poi, così come era iniziato, aveva smesso, era tornata la quiete.

5

Quando hanno portato via il corpo della vecchia sono rimasta una notte nella sua casa vuota. Mi sono sdraiata sul divano in salotto. Mi svegliavo di continuo. Facevo su e giù tra il corridoio e la stanza. In camera, mi sono seduta per terra e, a un certo punto, addormentata.

Di mattino presto mi sono svegliata di soprassalto, avevo rotto le acque, sono andata all'ospedale.

Una ragazza, l'ostetrica, mi ha fatto alcune domande di routine, nel modo in cui probabilmente le faceva a tutti, non ha fatto commenti, ma mi guardava.

Poi mi ha accompagnato in una stanza. Mi camminava davanti, robusta, i capelli fini. Non mi ha sorriso mai.

Mi ha fatto togliere pantaloni e mutande, mi ha dato un camice, che mi ha aiutato ad allacciare dietro la schiena con movimenti rapidi e bruschi. Verso mezzogiorno, la mia pancia ha iniziato a diventare dura. Lei stava lì, senza espressione, mentre mi spiegava cosa sarebbe successo, ma io non l'ascoltavo. Ero terrorizzata.

Poi, ho pensato che sarei morta.

Sono arrivati due medici e un'infermiera.

L'ostetrica mi ha guardato negli occhi, e ha detto: «È andata». Ha avvolto il bambino nel telo e sono usciti tutti.

Sono rimasta sola, in un silenzio improvviso. Dopo qualche minuto lei è rientrata.

«Adesso tocca alla placenta» ha sussurrato.

«Non ce la faccio più» le ho risposto.

«Ce la fanno tutte. È l'ultimo sforzo.»

«Poi basta» ho detto io.

«Sì, poi basta.»

Ho trascorso una notte a poche stanze da lui, dal bambino, ma non mi sono mai alzata per andare a cercarlo e nessuno me l'ha portato. Forse era molto piccolo, forse aveva problemi a respirare e l'avevano messo in un'incubatrice.

Di sera, la cinese che stava nel letto al mio fianco si è addormentata presto, subito dopo le visite, quando il reparto è tornato a essere un luogo silenzioso, in penombra.

Tutte le voci, il chiasso delle persone che andavano e venivano a salutare i bambini appena nati si è affievolito, mi sono concentrata sui piccoli rumori che sentivo adesso. Mi sono sollevata un poco, mi sono seduta sul letto, ho appoggiato la testa tra le mani e ho pensato a mia madre.

In piedi, accanto al letto, con i capelli grigi e sottili, le guance arrossate, che allunga una mano, la pelle delle dita tagliata, mi guarda, e magari vorrebbe dirmi "non importa per quello che hai fatto, non sei cattiva", ma non ce la fa.

Mi sono alzata, volevo scacciarla via dalla mente, ma non sapevo come. Mi sono avvicinata al letto della cinese.

Si è svegliata di colpo, spaventata.
«Scusami» le ho detto, ho fatto un passo indietro. Si è sollevata. «Scusa. Non riesco a dormire.»
Mi ha guardato.
Non sapevo cosa dirle.
Mi ha fatto un cenno, spostandosi un po' a destra per lasciarmi spazio. Mi sono seduta al suo fianco.
«Vuoi provare ad andare al nido?»
Ho scosso la testa.
«Ti va di fare due passi?» le ho proposto invece.
«Prendiamo dell'acqua.»
Ci siamo alzate e siamo uscite lentamente dal reparto. C'era silenzio ovunque. Siamo arrivate al distributore e lei ha infilato alcune monetine nella fessura e premuto il pulsante, che si è illuminato.
Siamo rimaste così, in piedi, a scambiarci la bottiglietta di acqua minerale.
Si è avvicinata alla finestra e l'ha aperta, si sentiva il rumore delle automobili fuori in strada. Mi sono sporta anch'io sul davanzale, ho respirato l'aria fresca del mare poco lontano e ho guardato i tetti dei palazzi, e il cielo coperto di nubi.
«La vedi quella casa laggiù?» ha fatto lei. «Gialla con le persiane grigie arrugginite?»
Ho annuito.
«Ci vivo io. Sono stata fortunata, che ero qui vicino. C'era la luna piena ieri notte, hai visto quante siamo? Abbiamo partorito in tante!»
Non le ho risposto.
Mi ha posato una mano sui capelli e ha iniziato ad accarezzarli. Ho girato lo sguardo e ho visto la sua pelle così liscia.

«Torniamo dentro» ho detto dopo un po'.

Ci siamo rimesse a letto e, a poco a poco, mi sono addormentata.

La mattina dopo, prima del giro dell'infermiera, sono uscita. Mi sentivo così in forza che me ne sarei potuta andare ovunque, come se non avessi partorito, come se non fosse successo niente. Ho rimesso gli abiti che portavo quando sono arrivata in ospedale, ho oltrepassato la porta del reparto maternità, e l'atrio, dove una ragazza con il pancione, con indosso una vestina verde chiara, stava seduta su una sedia e sembrava riposare, non mi ha guardato, forse non si è nemmeno accorta di me. Ho preso l'ascensore e sono arrivata giù nell'androne principale, c'erano alcuni medici in camice, c'era un vecchietto che strisciava i piedi sul pavimento, i suoi passi erano corti e lenti, mi sono chiesta quanto ci avrebbe messo per arrivare alla porta, lui, l'ho superato e sono uscita. In strada c'era già il sole ed era tiepido, non c'erano nuvole, il vento le aveva spazzate via. Mi sono toccata la pancia che era ancora grossa, mi sono toccata il seno che era gonfio, ho camminato veloce, svelta fino alla fermata dell'autobus, mi sono voltata, l'ho visto arrivare, il pullman, ho accelerato ancora, non lo volevo perdere, mi sono messa a correre, l'autista ha aperto, sono salita.

Ho infilato la chiave nella toppa del portone della signora Maria, ho preso l'ascensore e digitato il pulsante che indicava il piano numero nove, ho sentito lo scatto della partenza, e il movimento lento che mi avrebbe portato su, dove ho vissuto negli ultimi tre anni della mia vita.

Avevo le chiavi in mano, ho accostato l'orecchio alla porta per capire se dentro c'era qualcuno, ma non ho sentito rumori. Allora ho aperto e sono entrata, la casa era disabitata, in ordine, le tapparelle giù. Mi sono diretta in camera e tutto era come l'avevo lasciato.

Ho fatto una lunga doccia, e poi, avvolta nell'asciugamano, ho aperto l'armadio del corridoio.

Ho tirato fuori il vestito bordeaux in seta di Maria, mi stringeva, ora, ma l'ho infilato. Ho preso un suo paio di scarpe con il tacco e anche quelle erano piccole, ma sono comunque riuscita a camminare.

Mi sono guardata allo specchio, vestita come lei da giovane. I suoi abiti erano in buono stato, profumavano. Sua figlia glieli portava a lavare ogni tanto, come la vecchia le chiedeva.

Sono andata in salotto, con quelle scarpe ai piedi mi veniva da camminare più lenta, i capelli bagnati gocciolavano sulla seta. Ho strappato un foglio dal bloc notes sulla credenza.

Cara signora Graziella,
le lascio le chiavi qui sul tavolo.
Magari un giorno ci rivedremo.
La stringo forte.
Anna

P.S. Sua madre mi aveva regalato alcuni libri. Li porto con me.

Così mi sono tirata dietro la porta, sono uscita in strada, tra i palazzi di cemento con i balconi tutti uguali, sentivo il suono dei tacchi sull'asfalto, tenevo in mano due sacchi di plastica, uno era pieno di libri.

Mi sono fermata davanti al bidone dell'immondizia e ho buttato via quello con i miei vecchi abiti, con le tute da casa. Il coperchio del bidone ha sbattuto, nel richiudersi.

6

Ho portato la tuta da ginnastica per molto tempo, io, da piccola, fino alla quinta elementare, e spesso anche dopo, alle medie. Mettevo quelle che a mio fratello non andavano più bene; per un bel po' non ho capito che ci fossero altri tipi di vestiti.

Al cambio di stagione i nostri genitori ci portavano in macchina a un grande magazzino.

«Matteo, provati questa roba» diceva mio padre. «E sbrigati.» Io e mia madre stavamo a guardare. Non c'era bisogno di prendere qualcosa anche per me, visto che ero la seconda.

Mi staccavo dalla stretta della sua mano per seguire Matteo in camerino.

«Esci, mi devo cambiare» faceva lui.

«Voglio vedere.»

«Esci per favore. Mi stai sempre appiccicata.»

«Voglio sapere che cosa compri.»

«Sì, tanto non lo scelgo io. Vattene» diceva lui, arrabbiato. Mi spingeva via e frignava, perché non lo lasciavo in pace.

«Se non la smettete vi arriva un ceffone» interveniva mio padre. «A tutt'e due.»

Verso la fine della quinta elementare, tardi nel pomeriggio, mio padre mi chiamò vicino a sé. Era seduto sul divano, un po' sporto in avanti, doveva dirmi una cosa importante.

«Se dai bene l'esame» fece, «se dai il meglio in tutte le materie, ti compro una cosa che vuoi. Pensaci bene. E poi vediamo.»

Quella sera, a letto, piansi. Avevo paura di sbagliare. Qualcosa sarebbe andato storto di sicuro, mi giocavo tutto, e poi magari lui avrebbe cambiato idea, poteva pentirsi di quello che aveva detto. Avevo paura che se ne potesse dimenticare. E non sapevo cosa scegliere.

«Anna, fammi dormire» si lamentava Matteo, dal suo letto. «Sei una piagnona.»

«Stai zitto!»

«Che cosa credi? Che lui ti comprerà quello che vuoi?»

Quando a giugno andammo a scuola a controllare i tabelloni affissi alla vetrata dell'ingresso, dopo gli esami finali, mi appoggiai alla porta e attesi. Fantasticavo sul negozio in cui saremmo andati a comprare i jeans, e sulla commessa che ne avrebbe tirati fuori tanti, mi venne in mente una compagna di classe che ne indossava un paio con un piccolo fiore ricamato sulla tasca, e pensai a quanto mi piaceva quel fiore, ma io forse non li avrei trovati così, ne avrei scelto un altro paio, senza decorazioni, mi avrebbero aiutato loro, i miei genitori, a individuare quello giusto per me.

«Ottimo» disse mio padre. «Ha preso ottimo in tutto. Hai una figlia secchiona» commentò rivolgendosi a mia madre.

Lei non disse nulla.

Attesi in silenzio il resto della giornata che succedesse

qualcosa, lui mi sembrava allegro, sereno. Pensai che forse saremmo usciti nel pomeriggio, ma non ebbi il coraggio di chiederglielo.

Fuori da casa di Maria, dopo aver buttato nel bidone i vestiti con cui mi sono occupata della vecchia per tre anni, mi sono avviata verso la stazione dei treni.

Ho lanciato ancora un'occhiata alla palazzina di cemento di nove piani, su, verso l'ultimo, l'appartamento con le tapparelle abbassate, i mobiletti di metallo con gli attrezzi per le piante e i vasi vuoti. Ho percorso la via sotto il grande ponte dell'autostrada, con il bar, il negozio di alimentari, la merceria e il giornalaio, ho camminato dritto davanti a me, tenendo stretto in mano il sacchetto con i libri.

In stazione, ho comprato un biglietto per Torino, la città dove Giovanni, il nipote della signora Maria, vive da tempo e fa il danzatore.

Per i primi giorni, ho preso una stanza vicino alla stazione, di soldi in questi tre anni ne avevo messi da parte, un albergo mi è sembrata la soluzione più semplice. Mi hanno dato una camera con un letto a una piazza e mezzo, con il bagno e la tv.

Ho aperto la finestra. C'era un caldo afoso, soffocante, e insolito per me. Intorno, tutto era paralizzato. Non c'erano macchine né persone, alcune vetrine dei negozi avevano già le serrande abbassate e un cartello che indicava la chiusura per ferie.

Ho preso la chiave della stanza e sono uscita per cercare un posto dove comprarmi dei vestiti, un grande magazzino sarebbe andato bene.

L'aria calda saliva dal cemento. Sudavo come non mi era mai successo, ma volevo addentrarmi nelle vie del centro, e così ho camminato.

A un certo punto mi sono fermata davanti alla vetrina di un negozio di giocattoli.

Dentro, mi ha accolto il fresco di un ventilatore acceso vicino all'ingresso. Mi sono mossa in avanti, c'erano giocattoli sulle mensole alle pareti, e alcuni accatastati uno sull'altro sul pavimento.

Ho osservato i colori e i disegni di forme semplificate e ben definite. Ho preso in mano una scatola e ho studiato per un po' la figura che spiegava il contenuto all'interno. Si trattava di una costruzione per bambini di un anno, una serie di piccoli elementi in legno, dai singoli pezzi si potevano creare composizioni più grandi, complesse. Alla cassa, ho chiesto il prezzo e l'ho comprato.

Sono rientrata in albergo con due tranci di pizza fasciati nella carta, alcune magliette e calzoncini corti a poco prezzo trovati alla fine in un negozietto lì vicino, un paio di sandali e il gioco.

Seduta di nuovo sulla moquette, ho mangiato in fretta e aperto la confezione. I pezzi non erano molti, pensavo ce ne fossero di più, ma erano belli, ciascuno nascondeva un dettaglio. C'era un cubo verde mela con striature più scure e un buco al centro in cui infilare un piccolo cilindro color legno chiaro, un altro cubo giallo simile al primo, alcuni triangoli arancioni, e altri cilindri chiari con disegni di spirali e di fiori, c'era un cubetto rosso con un campanellino dentro, e uno azzurro con un piccolo specchio in cui poter vedere riflesso il proprio occhio che guarda.

Li ho tirati fuori uno a uno e li ho sistemati accostandoli per colori e forme e ho costruito un disegno, un mandala al centro della stanza.

L'ho guardato per un po' e in quel momento mi sono sentita bene, ho visto l'ora, era tardi, era diventato buio e ho creduto di poter andare a letto e dormire, ma appena mi sono sdraiata, ho dovuto rialzarmi.

Ho tirato via le lenzuola, forse era per il caldo che non riuscivo a chiudere occhio, avevo tenuto le finestre aperte, ma non girava aria nella stanza. Mi sono sollevata per provare a mettermi giù sul pavimento e con un passo ho distrutto il disegno dei cubi colorati, sono tornata nel letto ma ogni volta che provavo a rilassarmi ripensavo all'ospedale.

Mi sono alzata in piedi, temevo per il bambino, come potevano nutrirlo, chi gli avrebbe dato il latte, non sapevo se qualcuno gli avesse procurato una tutina. Mi sono domandata se esistevano degli indumenti adatti a un bimbo prematuro. Non sono riuscita a immaginare quanto minuto poteva essere il suo corpo.

Mi sono accarezzata la pancia, era morbida, ho sollevato la maglietta, l'ho sfilata, e toccato il seno che era duro e mi faceva male. Mi sono tirata via le mutande, avevo l'assorbente pieno di sangue, le cosce erano disegnate da rivoli rossi che si erano seccati. Non avevo idea di quanto ne avrei perso ancora, dal parto era come se fosse il bambino a sanguinarmi dentro.

Ero nuda.

Ho chiuso gli occhi. Era troppo piccolo per sopravvivere, forse era morto, e ho iniziato a battere la testa contro la parete, prima colpi leggeri, poi più intensi, e a un certo punto il dolore era così forte che mi sono messa a urlare.

A lungo ho pianto con il viso contro il materasso, mentre una mano stringeva il cuscino sulla pancia e sul seno, sono arrivata con l'altra tra le cosce e ho stretto forte, perché desideravo che il sangue smettesse di scendere da lì, da quel luogo da cui era nata una vita debole, e io non sapevo se aveva resistito.

«Anna.»

Nel dormiveglia, mi sono sentita chiamare.

«Shhh...» Era la voce di mia madre, ho tenuto gli occhi chiusi, se li avessi aperti, sarebbe sparita.

«Anna, dormi.»

Non diceva mai molto altro, si sedeva sul letto al mio fianco, tardi la sera, senza accendere la luce, e mi accarezzava. Sapeva forse che io ancora non dormivo, sapeva che avevo finito di piangere da poco, e non mi diceva nulla, passava la sua mano tra i miei capelli, prima di alzarsi e tornarsene di là.

«Ingoia le tue lacrime» mi aveva detto mio padre poche ore prima, ma io non c'ero riuscita.

Più lui mi diceva di smettere, più io continuavo, senza fermarmi, senza contegno.

Ero una bambina che piangeva sempre, così diceva a mia madre, senza guardarla, seduto sul divano con il televisore acceso, glielo diceva con il tono del rimprovero: mamma pietosa alleva gattini orbi.

Io ero una debole.

Lei sparecchiava la tavola e non rispondeva, faceva avanti e indietro dalla cucina alla sala, non mi guardava, in piedi nell'angolo del castigo per qualche oggetto lasciato fuori posto, o per un capriccio durato troppo a lungo, non resistevo al pianto.

«Anna dormi» mi diceva ora la sua voce bassa, poi faceva un colpo di tosse, e se ne andava via.

«Shhh...»

Così mi sono addormentata, infine, in quella prima notte in albergo, e quando ho intravisto la luce che compariva dalle fessure delle persiane, di mattino, ero più tranquilla, all'improvviso, mi sono alzata, ho aperto la finestra e ho lasciato che la città entrasse nella stanza.

Non avevo un paio di forbici ma sono riuscita a staccare le etichette sulla biancheria e sui vestiti che avevo comprato il giorno prima e ho provato la sensazione della stoffa nuova sulla pelle appena ho indossato la maglietta bianca e i pantaloncini di jeans. Ho fatto qualche passo e da terra ho raccolto il biglietto del treno per Torino che mi era caduto dalla tasca. Per un attimo ho pensato di buttarlo nel cestino, ma poi ho cambiato idea, l'ho infilato tra le pagine di uno dei libri di Maria.

Ormai sono qui, ho pensato, me ne sono andata.

7

Ho tirato fuori un libro dal sacchetto, durante il viaggio per Torino, l'ho tenuto per un po' in mano, mentre la carrozza tremava allo scorrere veloce del treno sulle rotaie.

L'ho schiuso alla pagina iniziale, poi ho cercato di sfogliare quella successiva, ma la carta porosa non è scivolata nelle dita e due o tre fogli sono rimasti uniti, allora l'ho aperto in centro e ho letto una riga a caso e ho continuato fino al punto. Non conoscevo la storia né i protagonisti, ma quella frase tronca tra le altre descriveva una fiamma di luce cattiva negli occhi di qualcuno, di una donna, "una fiamma di luce che l'attraversava ogni volta che le tornava nel cuore un sentimento di affanno antico".

Ho richiuso il libro e me lo sono accostato al viso, ho riconosciuto l'odore che c'era in casa di Maria.

Le chiedevo di raccontarmi di sé, quand'era di buon umore.

«Che cosa vuoi che ti dica» rispondeva, «prendi un libro e leggilo, ci troverai qualcosa di me.»

Poi si zittiva per un momento.

«Ma ormai sono una povera vecchia che è diventata cieca, non posso più fare niente. Anzi sono una vecchiaccia. Potresti chiamarmi così, vecchiaccia. Ti va?»

Io sorridevo.

«Ma no, signora.»

«Con questa barba che mi è cresciuta» continuava, «non sono mica di quelle che si fanno fottere dai vecchiacci.»

Io ridevo imbarazzata.

«Da quei porci.»

Quando diceva le parolacce, alzava il tono della voce, soddisfatta.

Poi tornava zitta, con il viso sempre rivolto nella stessa direzione, verso il vuoto e il collo teso a cogliere i rumori, a percepire dove mi ero sistemata per ascoltarla; oppure spostava un po' la testa quando mi muovevo per rassettare la camera mentre lei mi raccontava le sue storie.

Le veniva un'espressione di tenerezza in viso, allora capivo che mi avrebbe parlato di suo nipote Giovanni.

«Me lo prendevo sulle ginocchia, quand'era piccino, e dondolavo...» diceva, poi intonava una filastrocca e socchiudeva gli occhi. «Cavallino arrò arrò prendi la biada che ti do. Non mi accorgevo neanche di avercelo in braccio per quanto era esile. Aveva il fisico da ballerino, così sottile. Quando giocava e si stancava, il suo viso non dimostrava mai lo sforzo, o la fatica. Giovanni era perfetto per danzare.»

Mi diceva così, che suo nipote aveva iniziato a sette anni e non aveva più smesso. A un certo punto del racconto ammutoliva, si accigliava.

«Vattene di là. Voglio dormire.»

Allora non dovevo disturbarla, non potevo avvicinarmi, non potevo toccare nulla, diventava diffidente. Succedeva spesso.

Graziella mi aveva raccontato che quando si era ammalata e infine, a poco a poco, era diventata cieca, non aveva voluto che nessuno toccasse niente in casa, né che il ritmo della sua vita quotidiana cambiasse, né che la figlia si trasferisse per aiutarla.

In poco tempo, quando aveva cominciato ad avere problemi agli occhi, Maria aveva imparato a memoria il posto di ogni cosa, in cucina tutto era sistemato in modo preciso e non poteva essere modificato. Sapeva quanti passi c'erano dal lavandino al tavolo, e poi alla porta, e dalla porta alla sala, e fino alla poltrona. Aveva la radio con un solo pulsante da premere, che era sintonizzata sempre sul canale dove leggevano i libri durante il pomeriggio.

Poi erano iniziati gli incidenti. Un giorno aveva messo sul fuoco il pentolino per il tè senza averci versato l'acqua, si era bruciata i capelli ricci cercando di vedere la luce della fiamma sul fornello. Un'altra volta era caduta per terra, battendo l'osso sacro, mentre provava a sedersi sulla poltrona.

«Chi me l'ha spostata?» aveva chiesto a Graziella, appena dentro casa. La figlia aveva osservato il livido e non aveva detto niente. Si era messa a pulire, come faceva sempre quando poteva, o quando sua madre non si arrabbiava con lei.

«Cosa stai combinando? Lo sento sai. Non toccare niente. Non spostare le mie cose» le urlava.

Me lo raccontava negli ultimi giorni, Graziella, quanto ci aveva provato.

«Vieni a vivere con me» le aveva proposto quando si era accorta che sua madre non prendeva le medicine prescritte dopo il primo intervento agli occhi, ma che svuotava le fiale nel lavandino e lasciava scadere i colliri.

«Per fare cosa? Per diventare un peso? Meglio se mi sparo» rispondeva Maria. «Io e tuo padre abbiamo vissuto in questa casa per quarant'anni. Ci ha vissuto Giovanni. Non me ne vado certo adesso.»

«Sì, lo so» rispondeva Graziella, e ripensava a molti anni prima, alle sere dopo il lavoro, quando passava a trovare il suo bambino, che aveva lasciato lì tutto il giorno, e si fermava a cena.

«Vuoi raccontare alla mamma cosa hai fatto oggi?» gli chiedeva, dall'altra parte del tavolo.

«Oh, è stanco, lascialo stare» la interrompeva Maria. «Abbiamo fatto molte cose, noi due. Siamo andati a lezione di danza, poi abbiamo passeggiato lungo il fiume e raccolto delle pietre, ma ora deve mangiare che poi si fa tardi, domattina ci svegliamo presto, mica è sabato.»

«Lo so che sei sempre rimasta qui» diceva Graziella a sua madre, ora che erano trascorsi molti anni e Giovanni era lontano, «ma non ce la fai più da sola.»

Passava come per caso, e trovava una scusa per fermarsi.

«Fai come vuoi» diceva Maria, scostante. «Già che ci sei» aggiungeva, «potresti cercarmi il numero di telefono dell'amministratore? Lo voglio imparare a memoria.» Graziella ubbidiva. Apriva la rubrica di sua madre, leggeva i numeri di telefono che ora erano scritti sempre più grandi, e storti, uscivano dalle righe; alcuni, gli ultimi che Maria aveva segnato, occupavano la pagina sparsi qua e là, tremolanti, difficilmente si poteva ricostruire l'ordine con cui andavano composti sull'apparecchio del telefono.

«Ti ho portato le medicine. Te le lascio sul tavolo, al centro, vicino alla brocca» faceva Graziella prima di andarsene.

«Lasciale dove vuoi» rispondeva Maria con disinteresse. «I miei occhi stanno già meglio. E appena guariscono, me ne vado a Torino.»

Sua figlia non le rispondeva. Apriva la porta sul pianerottolo e controllava il neon dell'ascensore, per capire se era già lì al piano, o se doveva chiamarlo prima di andarsene.

Da allora, nel corso degli anni, a seguito di un'infezione che non aveva curato, Maria aveva perso la vista del tutto, e non era più uscita da casa. Anche se non lo voleva ammettere, e minimizzava, non era autosufficiente. Così, ero arrivata io.

Avevo dato la mia disponibilità a stabilirmi da loro, non avevo nient'altro da fare. Ero pronta a soddisfare ogni richiesta. Avrei imparato in fretta a stare sempre alla sinistra della signora, ad aspettare che fosse lei a prendermi e non il contrario, a farmi abbracciare per sostenerne il peso, a lavarla senza invadere la sua intimità, a scherzare quando la sentivo nervosa, quando irrigidiva il corpo, a fermarla quando si metteva a gridare.

Non era poi così diverso dal prendermi cura di un cavallo, o di un vitello malato. Ogni tanto, mi sembrava di mettere in pratica gli insegnamenti di veterinaria, Maria era selvatica, sempre in allerta, attenta ai suoni e agli odori, perdeva la fiducia in fretta, e io seguivo il mio istinto per assecondarla.

«Maledizione!» urlava all'improvviso.

«Che succede, signora?»

«I miei occhi!»

Non cercavo mai di consolarla, stavo lì e l'ascoltavo. A volte, nella concitazione, mi veniva l'impulso di urlare con lei, ma mi trattenevo e restavo zitta.

«Si metta giù che glieli pulisco con una salvietta.»

«Lasciami stare!»

«Non le faccio male, proverà sollievo.»

«Sollievo un corno» diceva. «Solo riavere la vista mi darebbe sollievo.»

Sul treno, in viaggio per Torino, dopo essermene andata via dall'ospedale, pensavo al tempo che avevo passato con lei, e ricordavo il momento in cui, qualche giorno prima di morire, Maria si era agitata, mi aveva detto di avvicinarmi, e mi aveva chiesto:

«Perché non muoio ancora?»

Eravamo sole. Io le avevo preso una mano tra le mie, d'impulso, e le avevo risposto: «Succederà, Maria, succederà tra poco».

L'avevo accompagnata verso l'ultimo giorno. A quell'appuntamento l'aspettavano i suoi morti. Aveva iniziato a chiedere di loro nelle settimane precedenti, di Mario, suo fratello. Di Giovanna, sua madre. Dov'erano, di là in sala? Avevano bevuto il tè?

Poi aveva chiesto di lui, di suo marito. Era la prima volta che lo sentivo nominare. Per lui, forse, nell'attimo prima di morire, aveva pianto, perché non se lo aspettava, che fosse venuto a prenderla e che sarebbe stato lì con lei.

8

Sono scesa nella sala centrale, in albergo, a Torino, dopo essermi svegliata presto e vestita con gli abiti comprati il giorno prima.

Mi sono seduta su una poltrona di pelle e ho iniziato a sfogliare una rivista che era appoggiata sul tavolino davanti a me, ma non m'interessava in realtà. Ogni tanto alzavo lo sguardo verso la reception, per capire se qualcuno mi stava osservando, se mi aveva notato, se il mio essere lì sembrava insolito, o se potevo starmene tranquilla, senza attirare l'attenzione di nessuno. Se fossi stata invisibile, mi sarei fermata tutto il giorno, a guardare la gente entrare e uscire dall'albergo. Non potevo stare sopra, non sopportavo l'idea di sdraiarmi di nuovo in quel letto, ma non avevo la forza per muovermi, non avrei saputo dove andare. Non avevo neanche fame. Sentivo le palpebre cercare di chiudersi, ma resistevo.

Mi sono messa a fissare una coppia di turisti che probabilmente stavano cercando la stanza della colazione, parlavano a voce alta in francese. L'uomo aveva la guida illustrata dell'Italia. Si sono avvicinati alla reception, si davano la mano, avranno avuto l'età dei miei genitori, ma loro non avrebbero mai sostato in un albergo simile, né avrebbero portato una guida turistica sul tavolo della colazione, per fare un piano dei musei da visitare durante la giornata, o dei quartieri in cui fare un giro per lo shopping, o per scorrere l'elenco dei ristoranti caratteristici dove mangiare italiano.

I miei genitori avrebbero viaggiato con il furgone con cui trasportano la legna o caricano le olive in autunno. Mia madre lo avrebbe pulito e avrebbe riposto sul retro due coperte, avrebbe preparato un cestino con il formaggio e il pane e una bottiglia di vino rosso e, forse, la prima notte l'avrebbero trascorsa lì, e anche la seconda, e poi avrebbero trovato un albergo di quelli sulle autostrade, a poco prezzo, per lavarsi e dormire con un materasso vero sotto la schiena. Avrebbero sostato per qualche ora nella città da visitare, e poi via, di nuovo in macchina a proseguire un itinerario di chilometri da mangiare, guidando senza pausa, senza mai fermarsi troppo in un posto.

Ho chiuso la rivista e ho distolto lo sguardo. Ho pensato di salire un momento in camera per prendere uno dei libri che avevo lasciato per terra la sera prima e magari mettermi a leggere, e così mi sono alzata e diretta verso l'ascensore.

Quando sono arrivata al terzo piano, la porta della stanza era aperta, ho avuto paura. Mi sono avvicinata lentamente, come se qualcuno fosse entrato in casa mia senza chiedere permesso, ma io non abitavo lì, quello era un albergo e quando ho varcato la soglia, c'era una ragazza con gli abiti da lavoro, un grembiule e una cuffietta in testa, stava appoggiando i cuscini sul davanzale della finestra aperta. Anche lei ha avuto un sussulto di sorpresa, e si è fermata.

«Devo prendere una cosa» ho detto, facendo un passo in avanti. Ho guardato il pavimento, i pezzi del gioco erano stati raccolti e riposti nella confezione, che stava sul tavolino a parete, accanto al telefono e al bloc notes con la sigla dell'albergo. Anche i libri erano stati impilati e un battitappeto era sdraiato sulla moquette lì dove la notte prima io avevo preso a calci le mie cose. I vestiti erano appoggiati sulla sedia, uno sull'altro.

«Allora continuo» mi ha detto lei.

Ho fatto per prendere un libro, ma mi sono interrotta subito e l'ho guardata.

«Quanti anni hai?» le ho chiesto, mi sembrava giovane, era straniera.

«Trentuno» mi ha risposto subito, come a un comando, diffidente, come se non avesse molta voglia di parlare. Allora ho preso il primo libro che ho visto e mi sono girata verso l'uscita.

«Dieci minuti e ho finito» ha fatto lei. «Manca il bagno.»

«Grazie.»

Ero fuori, in corridoio, ma mi è venuta voglia di tornare indietro. Mi sono accostata alla porta, ho guardato dentro, la ragazza stava prendendo un detersivo sul carrello delle pulizie.

«Posso chiederti un'informazione?»

Si è fermata e mi ha rivolto un'occhiata interrogativa, come se fosse scocciata. La stavo disturbando, o forse non era solita mettersi a parlare con i clienti dell'albergo.

«Sto cercando lavoro qui in città, uno come il tuo. Sono appena arrivata.»

«In agenzia» mi ha risposto immediatamente. «Basta andare in agenzia interinale. Ce ne sono almeno due o tre nel corso qui sotto.»

Aveva un tono come se quello che stava dicendo fosse ovvio, mentre io mi vergognavo di averle rivolto la parola. Quella ragazza aveva toccato e messo a posto la mia roba, magari aveva fatto delle supposizioni su di me, si era chiesta cosa ci facevo senza una valigia, con i vestiti nelle buste di carta dei negozi, aveva di sicuro visto le lenzuola e la biancheria sporca di sangue, e avrei voluto mandarla via, dirle di andarsene e sparire da un'altra parte.

Non l'ho fatto, mi sono girata, tenevo sempre stretto il libro in mano, sono uscita dalla stanza, sono scesa al piano terra, ho oltrepassato la reception ed ero finalmente fuori, in strada.

Quando avevo quattro anni e mio fratello sei, andammo in Portogallo con i miei genitori.

Mia madre aveva preparato il furgone e sistemato le coperte tra i bagagli per dormire durante il tragitto.

Viaggiammo per diversi giorni, fino all'oceano, poi piantammo la tenda nel campeggio a pochi passi dal mare.

Mio fratello un giorno mi ha raccontato del momento in cui si accorse che non c'ero più.

Aveva i piedi scalzi sugli aghi di pino, con le pietre che scottano e fanno male, i vestiti e i costumi stesi sul filo appeso tra la macchina e l'albero, ogni tanto i vestiti cadevano per via del vento e restavano sporchi della terra e della sabbia che viene dal mare, che s'infuria contro le dune che si estendono oltre a tutto e non si vede la fine.

Poco prima, io mi ero chinata dietro i pini al riparo dal vento, per fare la pipì e guardare l'acqua schiumosa e sporca.

Iniziò a cercare lì intorno, e a preoccuparsi perché i miei lo avrebbero sgridato, gli avevano raccomandato di fare attenzione e di badare a me, mi cercò lì dove di solito ci mettevamo a giocare a lanciare le pigne o a raccogliere i pinoli per pestarli con una pietra e tirare fuori il piccolo frutto, che era rimasto intero se avevamo battuto bene, un colpo secco, ma io non c'ero.

Questa volta la punizione per lui sarebbe stata grande. Forse avevo preso la strada sterrata verso il paese vicino, o ero scesa in direzione della spiaggia, non aveva visto. Quando era tornato mio padre dal bar del campeggio, non gli aveva detto niente, invece, si era scostato da lui e aveva cominciato a correre verso il mare. Mia madre, poco dietro, si era appoggiata all'albero, con la schiena contro la corteccia. Non si mosse per diverse ore, rimase lì, ad aspettare. Nessuno disse niente a Matteo per il resto della giornata. Non ebbe una punizione, ma solo silenzio.

Mio padre rientrò verso la pineta dalla spiaggia, dopo averla percorsa nelle due direzioni, e aver guardato verso le onde con angoscia. Tornò sulla strada con l'idea di cercare una stazione di polizia e si mise a camminare. Fu allora che incrociò una macchina di turisti che viaggiava lentamente per schivare le pietre e le buche, con i finestrini abbassati, una signora mi teneva in braccio sul sedile davanti.

Accostarono appena lo videro, mi riconsegnarono a lui.

Quando l'automobile ripartì alzando la polvere nell'aria dietro di sé, lui si chinò per avvicinare il viso al mio, senza dire nulla, abbassò gli occhi e mi diede un grosso schiaffo sulla guancia, io non feci in tempo a reagire, sentii il viso bruciare improvvisamente.

Forse già allora volevo andarmene via, per la prima volta lo facevo, lasciavo lì i miei e andavo a cercare qualcosa che nemmeno io sapevo. Non mi ero girata a guardare indietro. Non avevo avuto paura, neanche per un istante, ma solo voglia di camminare e non avevo certo pensato di non ritrovare più la mia famiglia.

9

Sono andata dritta lungo il corso senza fermarmi. Poco dopo c'era l'agenzia interinale. Ho rallentato, alcuni cartelli quadrati erano appesi con lo scotch al vetro, indicavano professioni e mestieri. Ho sostato per un po' lì fuori, ma non ce la facevo a entrare, non avrei saputo cosa chiedere, né cosa dire di me. La ragazza delle pulizie si sarebbe seduta davanti alla scrivania, di fronte alla signorina addetta a trovarti un posto da cameriera o da segretaria, con il suo curriculum tra le mani, e lei pronta a dare risposte immediate e scontrose, come aveva fatto con me. Ho ripreso la mia strada, c'era tempo per cercare lavoro.

Andavo avanti ma non avevo una direzione, finché ho iniziato a pensare alla notte trascorsa, al bambino: era vivo, non avevo dubbi ora, le paure di prima non c'erano più, e ho sentito l'impulso a entrare in un ospedale. Volevo vederlo, volevo vedere un neonato. Ho chiesto alla signora che stava sistemando i giornali nella vetrina della sua edicola, e lei mi ha mostrato la strada per l'ospedale pediatrico.

«Prenda l'autobus» ha detto. «È lontano da qui.»

Mi ha indicato il numero e la fermata. L'ho ringraziata, poi quando ho girato l'angolo, ho deciso di andare dritta e di proseguire a piedi. Ho camminato per quasi un'ora e ho dovuto chiedere la strada altre due volte per non perdermi, avevo molto caldo e sudavo, sentivo i seni sempre più duri, grandi, che continuavano a farmi male, come durante la notte. Poi finalmente l'ho visto: un edificio bianco, enorme, ho cercato con lo sguardo l'ingresso principale, si vedeva una scalinata al centro del palazzo. Vicino, c'erano posteggiate delle ambulanze. Alcune persone stavano salendo i gradini, ho iniziato a tremare ma volevo avvicinarmi. Un'ondata di calore ha invaso il mio corpo e ho pensato di non farcela, come non ero entrata poco prima nell'agenzia. Ho chiuso gli occhi, li ho riaperti e in quell'istante la gradinata era vuota. Nessuno che entrava né che usciva. Mi sono mossa e in pochi passi ero dentro. Ho cercato i cartelli del reparto maternità. Le mie mani tremavano, nonostante la temperatura di luglio ho provato freddo all'improvviso. Sono salita con l'ascensore fino al terzo piano, e fuori, nell'atrio, non c'era nessuno, ho fatto qualche passo, c'era silenzio e mi sembrava strano, tutto era più grande in questo posto rispetto all'edificio e alla stanza in cui avevo alloggiato solo due notti prima.

Due notti prima, era ormai trascorso un tempo infinito, dalla cinese che mi parlava, e poi, il viso dell'ostetrica. Quello che era successo in poche ore, dal momento in cui all'improvviso avevo toccato la pancia, ed era dura, a quando l'ostetrica mi aveva detto di smettere di gridare, che non serviva, ma di spingere e mi aveva stretto la mano con quel suo sguardo serio, e poi le pareti spoglie del corridoio quando sono uscita sola dalla sala parto sulla barella.

«Ha bisogno?» mi ha chiesto un infermiere in quel momento. «Non è orario di visita questo.» Era di fronte a me. «Sta bene?»

Non ho risposto subito. Improvvisamente non sapevo dove mi trovavo e che ci facevo lì.

«Deve tornare a mezzogiorno.»

Ho guardato l'orologio al polso, erano le dieci e mezzo.

Ho aspettato seduta su una panca. Ho aperto il libro della signora Maria che avevo stretto nella mano per tutto il tempo, una pagina a caso, e ho letto una riga: "Tu sei l'ultima persona al mondo da cui mi aspettavo una bugia".

L'ho richiuso, non volevo leggere più di quello.

Più tardi sono arrivati alcuni parenti, si capiva che lo erano dai visi ansiosi e dai fiori in mano, c'erano padri, nonni, zii, bambini piccoli. Mi sono alzata, un'infermiera ha aperto la porta che divideva il corridoio in due zone, a quel punto mi è arrivato alle orecchie un vagito di bimbo. Non ho fatto in tempo ad avvicinarmi alla grande vetrata della nursery, perché ho sentito la maglietta bagnarsi, un calore improvviso al petto, avevo due grosse chiazze all'altezza del seno. Mi sono coperta con le mani, subito, mi sono girata e ho corso verso l'ascensore, ho dimenticato il libro sulla panca, sono scesa all'ingresso e sono scappata via.

Sono tornata in albergo a pomeriggio inoltrato, dopo aver girato a lungo senza meta. Ora non avevo più alcuna voglia di piangere. Piangeva il mio corpo, sangue e latte, e io non ne avevo il controllo. Non potevo decidere, né imporgli di smettere, ma solo aspettare che passasse.

Prima di rientrare mi sono fermata al chiosco dov'ero già stata, per comprare due tranci di pizza che avrei mangiato a cena.

Ho avuto l'impressione che chiunque incontrassi abbassasse gli occhi per guardarmi le macchie sulla maglietta, e sono stata felice di chiudere la porta della mia camera che ora era ordinata e pulita.

Mi sono spogliata, ho premuto sul seno, e un piccolo getto di latte è uscito dal capezzolo. Ne ho raccolta una goccia con il dito e l'ho portato alla lingua ma il sapore mi ha disgustato, mi sono coperta con l'asciugamano, che ho stretto forte al petto.

Mi sono cambiata e sono andata a dormire. Non era ancora sera, non avevo mangiato, ma il sonno mi aveva preso di colpo, e sono crollata.

Mi sono svegliata di soprassalto nella notte, avevo la testa infuocata, non avevo la forza di alzarmi per bere un sorso d'acqua dal rubinetto o di sciacquarmi. Non mi sono mossa. Ho chiuso gli occhi, ho stretto il cuscino, la stanza e il letto intorno a me giravano come un vortice. Ero spossata.

Ho sentito il bisogno e il desiderio smodato di telefonare a mia madre, di ascoltare la sua voce, ma non l'ho fatto. Non ci sono riuscita.

L'ultima volta che avevo cercato di parlare con lei era stata da casa di Maria, il giorno prima della festa, prima che rimanessi incinta. Fuori, pioveva a dirotto.

Ogni tanto, quando Maria dormiva, facevo il numero dei vicini dei miei, i genitori di Miriam. Rispondevo vagamente alle domande della sua mamma, che poi mi diceva che la figlia lavorava giù alla panetteria in paese, a pochi chilometri da lì, nell'unico luogo abitato prima delle case sparse e dell'inizio dei boschi, parlava veloce perché non voleva farsi scappare l'occasione di raccontarmi che ora sua figlia si era fidanzata con qualcuno che sia io che lei conoscevamo, qualche ex compagno di classe o qualche amico della compagnia, o per dirmi che le portava il pane e la focaccia tutte le sere, dopo aver chiuso il negozio, e si fermava a fare due chiacchiere prima di uscire per l'aperitivo con le amiche o per andare al cinema con il fidanzato.

Dall'appartamento di Maria, rivedevo l'entroterra, l'umidità della casa dei miei genitori, con i muri in pietra e l'intonaco ingrigito dal fumo, e il freddo che è un modo di vivere di chi sta isolato, e non c'è mai divisione tra il dentro e il fuori, neanche in inverno, quando mio padre entra con gli zoccoli ai piedi, la legna tra le braccia e il berretto di lana in testa e mia madre sta in cucina a preparare da mangiare e mio fratello sta accanto al fuoco del camino e mi dice di smettere di lamentarmi, perché il corpo umano è abituato agli sbalzi di temperatura, perché dove c'è il fuoco fa caldo, ed è lì che ci si riscalda e non altrove. Poi s'infila anche lui un berretto in testa prima di uscire a portare il pastone alle galline.

Da Maria, con la cornetta in mano e la voce della vicina all'orecchio, osservavo come fossero in ordine le piastrelle dei pavimenti, le porte tra una stanza e l'altra che si chiudevano per bene, i caloriferi accesi, si sentiva il rumore degli appartamenti adiacenti, e si poteva incontrare qualcuno in ascensore.

Pioveva forte, quell'ultima volta in cui l'avevo chiamata. La vicina era uscita fuori a vedere se di là c'erano le luci accese, poi, con una scusa, aveva fatto venire mia madre.

Avevo aspettato con l'orecchio attaccato alla cornetta, cercando di rubare i suoni di quel posto lontano, che avevo lasciato ormai da due anni.

«Pronto?» aveva risposto lei. «Stai bene?»

«Sì.»

Avevo pensato a lungo a cosa dirle, ma poi non mi erano uscite le parole, non avevo detto quasi niente.

Mia madre aveva tossito, non aveva parlato, aspettava che fossi io a farlo.

Poi Maria si era svegliata di soprassalto. «Anna chi c'è lì con te? È entrato qualcuno?»

Da allora non l'avevo più sentita, mia madre. Da quando ero rimasta incinta non ero più riuscita a comporre quel numero di telefono. Ogni tanto, mi avvicinavo al mobiletto in sala, ma non facevo niente, non ci riuscivo, avrebbe capito, anche senza dirglielo, avrebbe saputo.

Così, anche adesso, nella notte, in albergo, a Torino, sapevo di non poterlo fare, di non poterla chiamare.

Più tardi, finalmente, mi sono addormentata.

Verso le undici del mattino hanno bussato alla porta. Non ho risposto subito, ma poi mi sono alzata per aprire. Era la ragazza delle pulizie.

«Mi scusi. L'ho disturbata?»

Mi sentivo debole, e mi sono appoggiata allo stipite, probabilmente ero pallida e avevo i capelli sporchi e spettinati.

«Vuole che le cambi gli asciugamani e le lenzuola?» mi ha chiesto. Parlava come se volesse riempire il silenzio.

«No» le ho risposto. «Credo di avere la febbre.»

Ho notato che anche lei mi stava guardando la maglietta, allora mi sono imbarazzata e ho chiuso la porta di colpo, lasciandola così, dall'altra parte, in corridoio. Mi sono rimessa a letto, ma questa volta non ho dormito. Tenevo gli occhi chiusi, avevo sete, la gola e le labbra asciutte. Cercavo di non pensare a nulla, ma non ci riuscivo.

Qualche ora dopo, ho sentito di nuovo bussare. Non avevo voglia di alzarmi, era una fatica immensa ma l'ho fatto. Lei era di nuovo davanti a me. Aveva in mano un sacchetto di plastica e un foglio.

«Antinfiammatori, e pastiglie per dieci giorni, mezza al giorno. Le prenda. Si fidi di me. Passerà tutto.»

Mi ha parlato e non si è mossa, era seria e composta, ha allungato la mano per porgermi le medicine.

«C'è un numero di telefono qui. Questa persona può aiutarla a trovare lavoro, è la responsabile della mia cooperativa. Si deve sbrigare, perché poi va in ferie. Qui tra poco chiudono tutti e allora se ne parla a settembre. Ci provi. Le dica che glielo ha dato Ramona, il numero. Mi chiamo Ramona.»

«Io sono Anna» le ho risposto.

10

Questa volta ho dormito per tutto il resto del giorno senza che nessuno venisse più a bussare.

Sono uscita alle sei di sera, avevo fame, mi sentivo più forte, forse la febbre era calata, fuori c'era un'aria fresca, e dopo poco ha iniziato a tuonare e poi a piovere forte.

Sotto la pioggia, il vento spingeva sul mio corpo, ho alzato il viso verso il cielo e ora scendevano chicchi di grandine; intorno, alcune persone correvano sul marciapiede e si riparavano la testa con le borse o con le mani. La grandine batteva sui tetti delle auto e sui palazzi alti e grigi, mi sono fermata sull'asfalto, ho curvato piano la schiena per proteggermi e mi sono chinata, fino ad accovacciarmi come fanno i bambini quando giocano con la terra e i sassi, e sono rimasta lì, per un po'. Non ero nient'altro che pioggia, lasciavo scorrere i pensieri via dal mio corpo, sedimentarsi in terra, sciogliersi nel fango.

Eravamo in casa da soli, piccoli, io in sala e mio fratello Matteo in camera. Giocavo sul tappeto, chinata in quel modo, nelle mie fantasie, ogni tanto riemergevo sentendo il chiasso che faceva lui spostando mobili e lanciando oggetti.

A un certo punto è venuto da me.

«Anna.»

«Che c'è?»

«Ti va bene se dico che sei stata tu?»

Ho alzato lo sguardo, lasciando cadere le bambole mezzo svestite, con i capelli tagliati e arruffati, i piccoli abiti cuciti con le graffette della pinzatrice o attaccati con lo scotch da pacchi, le stoffe colorate con i pennarelli che premevo così forte da schiacciare la punta in dentro e poi continuavo a usare anche così, finché non si perdeva il tappo da qualche parte e allora seccati non potevano più servire.

Matteo teneva in mano i pezzi di una piccola statua di terracotta, intera fino a pochi minuti prima, sulla mensola accanto alla porta, prima che una sua pallonata la facesse cadere.

Due madonne stavano in piedi su una barchetta, circondate da una conchiglia che sembrava la vela oppure, come credevo io, la conchiglia era la loro santità.

Ora guardavo i pezzi tra le mani di Matteo e provavo compassione.

«Dico a mamma e papà che sei stata tu?» mi ha chiesto.

«Sì, va bene» ho risposto d'impulso, come già era successo altre volte.

Poi ho abbassato gli occhi ma ancora sono riuscita a vederlo sorridere leggermente, forse soddisfatto di potersi togliere dalla colpa, andare di nuovo di là, a correre e giocare.

Ho riaperto gli occhi e sentito la grandine picchiare forte e battere sul marciapiede.

Quando sono rientrata in albergo, era già buio, il portiere si è avvicinato all'ingresso per aiutarmi, ero bagnata dappertutto e sporca.

«Povera ragazza...» mi ha detto. «Se l'è presa tutta quanta.»

Ho annuito con la testa. «Non fa niente.»

«Corra in camera» ha fatto lui, «e si asciughi per bene che si prende un febbrone se no!»

Ma io la febbre me la sentivo già addosso, di nuovo e molto più della notte precedente, e infatti scottavo, mi sono spogliata e infilata sotto l'acqua, e poi sdraiata sul letto con i capelli fradici, sentivo il sangue e il dolore della ferita del parto, la fronte in fiamme, lo stomaco vuoto.

Quando, di mattino, Ramona ha bussato alla porta e mi ha visto, ha detto: «Deve stare molto male».

Io non le ho risposto, avevo già impiegato tutte le mie energie per andare ad aprirle. Così appena lei è entrata mi sono buttata di nuovo sul letto. Si è avvicinata. Ero sdraiata sul fianco, mi era venuta la nausea, da qualche ora. Ho sentito la sua mano morbida sulla fronte. Mi ha portato un bicchiere d'acqua con la pastiglia da ingoiare.

Ho fatto un piccolo movimento con il corpo, ma non avevo le forze per tirarmi su. Si è avvicinata con un fazzoletto bagnato che mi ha posato sulla fronte.

«Sta male» ha ripetuto, forse per confermare quello che vedeva lei e quello che sentivo io.

«Domani è il mio giorno libero. Da stasera può venire da me se vuole. Può lasciare questa stanza. Io ho posto, in casa mia si sentirà meglio.»

Mi guardava dritto negli occhi. Non mi aspettavo quello che mi stava dicendo, ma il suo tono di voce era deciso, e così non ho esitato, le ho detto di sì.

Lei mi ha sorriso soddisfatta.

11

A novembre, il giorno prima della festa in cui sono rimasta incinta, avevo telefonato a mia madre.

Ogni tanto, ultimamente, mi capitava di pensare che sarei potuta tornare, che le cose tra noi, tra me e la mia famiglia, si sarebbero sistemate, che sentivo nostalgia per la casa e per lo studio. Avrei potuto iniziare il discorso e lei magari mi avrebbe interrotto, dicendomi "Vieni, torna con noi, ti stiamo aspettando".

Poi, quando all'improvviso la sua voce era lì, in linea con la mia, al telefono, non era uscito niente di tutto ciò dalla mia bocca e niente dalla sua.

Mia madre aveva aspettato per un po' che fossi io a parlare. Qualche minuto era trascorso in silenzio.

«Perché ci chiami, Anna?» aveva detto lei infine, dall'apparecchio di Miriam, la figlia della vicina. «C'è qualcosa che vuoi? Non sei tu quella che ora se la cava da sola?»

Non avevo ribattuto. Non mi usciva la voce dalla gola.

Poi Maria si era svegliata.

Avevo riagganciato e da allora non l'avevo più sentita.

Il giorno dopo avevo accettato l'invito a uscire della ragazza del bar.

«Sì, ok, vengo» le avevo risposto, eppure quasi non la conoscevo. Avevo scambiato qualche parola con lei quando scendevo per fare la spesa, ed era la sola coetanea con cui dividevo una conversazione ogni tanto. Graziella mi aveva incoraggiato, spesso commentava che era strano che non avessi amici, e che uscire una sera mi avrebbe fatto bene. Per lei, tutto questo poteva essere molto semplice.

Così mi ero travestita, nella stanza dei costumi, e mentre toglievo un pezzo dopo l'altro dei miei abiti vecchi, e provavo le combinazioni di vestiti di sconosciuti, avevo la sensazione sulla pelle che non sarei più tornata indietro, e che potevo ripetere e spingere fino a chissà dove il gioco che avevo imparato da piccola con Matteo, di dire di sì a qualunque costo, a quello che lui o chiunque altro mi avesse chiesto.

«Lo facciamo» mi aveva poi sussurrato Simone, chiusa la porta della camera da letto, alla festa.

«Sì» avevo risposto io, mentre mi stringeva un braccio con la mano, e sapeva di fumo e sudore.

Ora, a Torino, avevo deciso di seguire Ramona, e lei mi aspettava alla stazione ferroviaria, mi aveva dato appuntamento per le sei.

Avevo atteso che arrivasse quell'ora senza muovermi, vestita, seduta sul letto per risparmiare le energie.

Alle cinque e mezzo sono scesa, ho pagato il conto della

stanza con il bancomat, ho ripreso la carta d'identità che in quei giorni avevo lasciato alla reception, e sono uscita. Ho camminato fino alla stazione, tenevo in mano le borse piene dei libri e dei vestiti, mi aspettava fuori dall'ingresso principale. L'ho vista da lontano, se ne stava ad aspettare, fissava con lo sguardo un punto di fronte a lei, sembrava non cercare nessuno.

«Non hai detto che venivi da me, vero?» mi ha chiesto prima ancora di salutarmi.

«No.» Non capivo quella domanda, perché avrei dovuto dirlo a qualcuno?

«Non voglio perdere il lavoro.»

«Non ne ho parlato con nessuno.»

«Abbiamo una mezzora di percorso, ma poi potrai riposare.»

Mi ha fatto piacere che avesse cominciato a darmi del tu, ma aveva sempre un tono sbrigativo.

«Va bene», ed è arrivato l'autobus.

Dai finestrini ho guardato la città che mi passava davanti con strade e piazze di cui non avevo conoscenza né memoria, nulla di quello che vedevo significava qualcosa per me.

«Hai chiamato il numero che ti ho dato?» mi ha domandato a quel punto. Ho fatto segno di no con la testa.

«Ah. Non importa.»

Dalla fermata alla sua abitazione, c'erano dieci minuti a piedi, abbiamo imboccato una strada piena di negozi con le serrande chiuse, poi siamo arrivate davanti al cancello di una palazzina di tre piani.

«Mia madre non parla italiano. Non preoccuparti di lei»

mi ha detto Ramona, salendo le scale. «E poi c'è Iulian. Lui parla anche troppo.»

Sono entrata e mi sono trovata di fronte un bimbo, che arrivava più o meno all'altezza della mia vita, con i capelli pettinati e sistemati con il gel, la riga da un lato, gli occhi grandi dietro gli occhiali spessi, mi ha fatto un sorriso e aveva i denti dritti e bianchi, ho ricambiato, ma ho sentito l'impulso di andarmene via.

«Ciao» ha detto il bambino. «Ti aspettavo.»

Ho alzato gli occhi e c'era una signora vestita da casa, con quegli indumenti a fiori che si allacciano sul fianco per non macchiare l'abito buono. Era seduta su una poltrona davanti alla televisione accesa, senza audio.

«Stasera c'è minestrone» ha continuato il bambino. «Ti faccio vedere il tuo letto, mamma dice che sei malata.»

Ramona gli ha urlato qualcosa dal bagno dov'era entrata lasciando la porta socchiusa, io non capivo, perché non stava parlando in italiano; e lui, che non mi aveva tolto gli occhi di dosso, ha continuato:

«Sei la benvenuta. Ho sei anni. Mi chiamo Iulian, sto per iniziare la prima elementare alla scuola Sabin.»

«Sono Anna» ho detto io. «Ho venticinque anni. Dov'è il letto?» Mi sentivo debole, avevo bisogno di sdraiarmi, di chiudere gli occhi. L'ho seguito in corridoio, ha aperto la porta di una camera, dove una brandina era stata sistemata a fianco del muro.

«Siccome ci sei tu, io sto con la nonna, stanotte. Qui dormiamo noi, e qui», ci siamo girati verso la stanza di fronte, «tu e la mamma.»

Mi sono affacciata e ho visto due letti singoli, uno accanto all'altro.

«Cos'è questo?» mi ha chiesto Iulian. Mi ero appena seduta e lui aveva infilato una mano nelle mie buste di carta, in terra.

«È mio.»

«E che te ne fai?»

«Non lo so. Mi piaceva.»

Teneva in mano un sacchetto di plastica trasparente, con i pezzi del gioco che avevo comprato, lo stava studiando.

«Apri» gli ho detto. Lui si è seduto ai piedi del letto. Ha tirato fuori i pezzi.

«Sono tutti diversi» ha commentato. «Guarda qui.» E mi ha mostrato il cubo chiaro, con il piccolo specchio tondo al centro.

«E questi?»

«Mostrami una pagina a caso» gli ho detto.

Lui ha tirato fuori un libro dal sacchetto e l'ha aperto, ha chiuso gli occhi strizzandoli, ha puntato il dito su una frase, e me l'ha indicata, io l'ho letta a voce alta: «"Loro amano quel posto. È l'unica casa che abbiano mai conosciuto..."».

Ho letto quella riga e poi mi sono fermata.

«Che significa?» mi ha chiesto Iulian.

«Niente» ho risposto io. «Non significa niente» ho chiuso il libro e l'ho rimesso nel sacchetto.

«Iulian, non disturbare Anna.» È entrata Ramona.

«Non mi sta disturbando.»

«Riesci a venire a mangiare?» Mi ha passato il termometro per misurare la febbre. Ero stanca ma avevo voglia di sedermi a tavola con loro.

«Tra qualche minuto è pronto» ha aggiunto lei, «vieni Iuli. Lasciala in pace un momento.»

Il bimbo si è alzato, la madre gli stava porgendo la mano, lui l'ha afferrata.

«Mio nonno al nostro paese era un campione di scacchi» mi ha detto mentre lei lo trascinava fuori.

«Tu sai giocare?» l'ho sentito chiedere, ma era già di là.

Mi sono guardata intorno, ero finalmente sola, faceva un gran caldo. Poi con la mano ho dato qualche colpo in aria al termometro, per regolarizzare la temperatura prima di infilarlo nell'incavo dell'ascella, e mi sono sdraiata. Credevo che sarei andata a cena, che mi sarei alzata, che avrei mangiato il minestrone, e che Iulian mi avrebbe distratto con una domanda qualsiasi su di me o con un aneddoto su di lui o su suo nonno, invece mi sono addormentata subito, loro mi hanno lasciato stare, e mi hanno appoggiato addosso una coperta.

Ho dormito tutta la notte e quando ho aperto gli occhi, di mattina, non mi sono ricordata subito dove mi trovavo.

Poi, quando l'ho capito, mi sono girata verso il letto di Ramona, ma era vuoto. Ho sentito dei rumori e della musica provenire da oltre la porta. In cucina ho trovato Iulian in pigiama seduto per terra, le gambe incrociate davanti allo schermo della tv, con i cartoni animati a volume molto alto.

«Sei solo?»

Lui si è voltato verso di me, ma vedevo che la sua attenzione era per il cartone, e infatti ha girato di nuovo la testa. Mi ha parlato con gli occhi fissi sulla tv.

«Mamma e nonna sono al lavoro. In hotel e in cooperativa. Mamma pulisce le camere dell'hotel, nonna le scale dei palazzi.»

«Ma come fa se non parla l'italiano?»

«Mica serve l'italiano per pulire le scale.»

«E tu stai solo?»

«Ora ci sono le vacanze. Sennò vado a scuola. Da settembre.»

Mentre parlava, non staccava lo sguardo dallo schermo, ma a un certo punto si è alzato ed è andato a spegnerlo.

«Vuoi il latte?» mi ha chiesto. «Posso farti latte e cacao.»

Così ho bevuto latte e cacao con Iulian nella sua cucina, con la tovaglia di cerata a fiori e i pensili alle pareti. Lui si è seduto di fronte a me, mi guardava immergere i biscotti nella tazza.

«Sai, Anna, io mangio solo le stelle e lascio il biscotto» mi ha detto. Ho guardato le piccole stelle di glassa bianca che lo decoravano e mi è venuto da sorridere.

«Dov'è tuo padre?»

«Lui non c'è» ha risposto. «Non lo conosco esattamente, ma la mamma mi ha raccontato che guida i camion. E il tuo?»

«Il mio è a casa sua, ma io me ne sono andata.»

«E perché?»

Sono rimasta in silenzio, non avrei saputo cosa dirgli. Invece gli ho domandato: «E tua nonna non parla mai?».

«Sì, parla» ha fatto lui. «Ogni tanto, parla quando è arrabbiata, o quando è triste e piange perché le manca il paese.»

«Cosa fai tutto il giorno?»

«Sto qui. Oppure scendo giù in strada a giocare. Se vuoi andiamo a fare un giro.»

L'ho guardato. Ho detto: «Ok».

Iulian è sceso dalla sedia, e io all'improvviso ero di nuovo nella cucina di casa mia, quella sera che ho deciso di andarmene.

12

Era quasi ora di cena, e io ero seduta accanto al tavolo, con mia madre di fianco, stava pulendo le acciughe.

Ho guardato di fronte a me, sul piano di marmo c'era un piccolo pezzo di carta da pane intriso di sangue del pesce su cui lei poggiava le lische e le viscere, dopo aver fatto scorrere il pollice dalla pancia alla coda per sollevare gli scarti e aprire l'acciuga come si apre la pagina di un libro, e stenderla sul piatto bianco di farina, per impanarla e friggerla.

Aveva le mani nere di sangue, le muoveva in modo meccanico, rapida ed esperta, come se avesse passato la vita a pulire le acciughe appena pescate.

Mi parlava con la voce bassa, rispondeva alle mie domande: volevo spiegazioni, volevo sapere, io e Matteo avevamo litigato furiosamente e ora lei doveva farmi conoscere la verità.

Aveva iniziato a parlare con foga, all'improvviso sembrava arrabbiata anche lei, mentre mio padre era rimasto fuori per tutto il tempo, a spaccare la legna, con la luce fioca della lampadina agganciata alla parete, e da lì, dalla finestra, si sentivano i colpi dell'ascia che batte sul ceppo, e il pezzo di legno che cade e rimbalza per terra. E lui, dopo ogni colpo, si tira su, posa una mano sulla schiena dolorante, si raschia la gola, infine si piega a prendere un altro pezzo da spaccare in due.

L'ascoltavo, ma non riuscivo a sentire veramente le sue parole. A mano a mano che capivo, non m'importava più di niente, di mio padre, né di lei né di quello che mi diceva, ma provavo una pena per mio fratello, perché lui avrebbe continuato a stare lì con loro, non se ne sarebbe andato mai.

Era iniziato tutto prima di metterci a tavola, c'era silenzio, una pace strana in casa, io ero tornata dal collegio dell'università la sera prima, per trascorrere il fine settimana, e avevo notato subito che qualcosa non andava. Non rientravo da quindici giorni, perché avevo seguito, insieme al mio professore, la gravidanza della cavalla che adesso era quasi al termine, e ancora il puledro non era nato, ma avevo deciso di tornare a casa, avevo bisogno di fare un cambio di vestiti, e di riposare.

Mia madre si è fermata un momento, ha smesso di parlare, mi ha guardato. Si è alzata, ha aperto lo sportello della stufa e ha ravvivato il fuoco con l'asticella di ferro. Si è girata, ha preso l'olio per versarlo nella padella che aveva appena appoggiato sulla ghisa, al centro dove la fiamma è più alta. È stata in silenzio per un po', io anche. Poi ho sentito il rumore della prima acciuga che cadeva nell'olio, ho capito che era caldo al punto giusto, perché sfrigolava, e ho guardato mia madre che dal piatto prendeva le acciughe, una dopo l'altra, e le faceva scendere nel tegame.

«Dovete volervi bene, tu e tuo fratello» mi ha detto, infine. «Hai voglia di apparecchiare?»

No, non avevo voglia. Non ne avevo per niente. Ho aperto i cassetti della credenza che cigolavano, e ho tirato fuori i piatti spaiati da mettere sul tavolo dove già c'era di tutto, avanzi di pane secco, noci e mandarini, bottiglie d'acqua, di vino, di olio, barattoli di miele e di conserva, pentole che non avevano un posto nella credenza, e lì, apparecchiare voleva dire cercare uno spazio tra tutto il resto, per sedersi, infine, e mangiare in silenzio.

Non avevo voglia di vedere mio padre rientrare in casa borbottando, né di sedermi accanto a mio fratello, che mi sfotteva perché lui sarebbe sceso giù in piazza dopo cena, a commentare la partita con gli amici, mentre io mi sarei rifugiata in camera con il libro di anatomia veterinaria da studiare, che stava sul letto dalla notte precedente.

Non avevo voglia di niente di quello che c'era intorno a me.

Sono uscita con Iulian da casa e dopo poco ho iniziato a farmi guidare da questo bimbo preciso e chiacchierone senza pensare più a niente, così, ero leggera per la prima volta da quando era morta la vecchia, da quando era nato il bambino.

La febbre era scesa, non avevo più nausea, ho ascoltato i racconti di Iulian e mi sono stupita di quante cose sapesse e di quanta voglia aveva di continuare a camminare e parlare. Mi sembrava che la sua energia si ricaricasse man mano che il tempo passava. Il sole batteva caldo su di noi e sull'asfalto e segnava le linee nette delle ombre scure di qualche albero piantato in aiuole strette e quadrate. Tutto era in pianura, non c'erano curve né salite ripide, vedevo gli spazi ampi del quartiere e le case popolari che si alzavano verso un cielo così azzurro da perdercisi dentro.

«La torre è il mio pezzo preferito» ha detto a un certo punto. «Tu ne hai uno? Per esempio l'alfiere, o il cavallo?»

«Non lo so, non ci ho mai pensato, forse mi piace il pedone» ho risposto.

«Ma fa solo un passo per volta.»

«Sì, è vero.»

«Senza la torre non puoi vincere. Torre e regina. Io gioco così. La nonna mi dice che ho preso dal nonno. Era un campione, ma è morto prima di diventare ancora più grande. Una mattina doveva andare a giocare la finale di un torneo nazionale, nella capitale. Doveva prendere il pullman presto, ma invece è morto. Comunque, non c'è miglior vincitore di chi sa anche perdere.»

«Accidenti» ho risposto io, «come sei saggio.»

Poi Iulian mi ha fatto ridere, con la sua espressione. Ridevo all'improvviso sotto quel sole e quel cielo azzurro e la saliva mi è andata di traverso così mi è venuto un colpo di tosse, ho iniziato a tossire forte, non riuscivo a smettere e allora mi sono fermata perché le cosce mi si sono bagnate di pipì, ho dovuto stringere le gambe perché non la trattenevo, mi sono vergognata, e una rabbia improvvisa mi è esplosa dentro.

«Fermati!» ho gridato. Iulian era andato avanti, e rideva. Io ero diventata seria.

«Voglio tornare indietro.»

Da quando avevo partorito la pipì mi scendeva dalle gambe senza che potessi farci niente, non avevo più il controllo dei muscoli; e l'ospedale, il dolore, l'odore del disinfettante, la ferita, tutto mi è venuto addosso. Volevo tornarmene a casa.

Iulian si è rabbuiato subito, di riflesso a me, ma non ha ribattuto e ci siamo incamminati verso casa.

Mi sono chiusa in camera con la testa sul cuscino e ho sentito che lui aveva acceso la televisione e il volume era alto.

Mio padre aveva acceso il televisore ma non lo guardava, io ero piccola, in camera da letto, era estate e sentivo dall'altra stanza la voce del cronista che raccontava i risultati dei campionati di nuoto.

Aveva iniziato dal nulla, era rientrato da poco dalle fasce di terra dove aveva lavorato per tutta la mattina, lo sentivo e avevo paura, non sapevo perché e non potevo capire, urlava contro mia madre per il disordine che c'era in casa, e per la terra che era seccata perché non pioveva da troppo tempo, e quanto ci costava innaffiare tutti i santi giorni di mattina e di sera, diceva, queste tasche le vedi? Sono vuote, e i pomodori avevano preso la malattia, non c'era stato verso di salvarli e lui si era spaccato la schiena per cosa? Poi improvvisamente era diventato silenzioso, aveva smesso di gridare. Era entrato in camera. Si era appoggiato al muro e ci fissava, me e mio fratello.

«Prendete i sacchi neri.»

Allora mi mettevo a piangere, non potevo farci niente, sapevo che avrei peggiorato la situazione, ma non riuscivo a controllarmi e lo imploravo di non farlo.

Mio fratello invece ubbidiva subito.

Non avevamo sistemato la stanza, i nostri giochi sarebbero finiti nella spazzatura. Matteo si faceva serio, come mio padre, mentre io mi buttavo a terra e mia madre restava immobile.

Mio fratello andava incontro a quella punizione con un'energia improvvisa e sceglieva i suoi giochi preferiti, o i miei, le bambole in pezza cucite dalla vicina, i modellini degli animali della foresta, li raccoglieva da terra o da sotto il letto e cacciava nei sacchi quello che trovava.

Io mi disperavo, volevo indietro i miei giochi. Mio padre rientrava e mi veniva vicino.

«Devi imparare a non piangere» mi diceva, ora era calmo, e serio. «Devi diventare più forte. Ti devi controllare. Non puoi avere quello che vuoi, prima lo impari meglio è.»

Poi, più tardi, Ramona ha aperto la porta. Mi sono sollevata.

«Ciao» mi ha detto. «Come stai?»

Fisicamente stavo bene. Lei mi aveva ospitato, avevo passato il giorno con il suo bambino in giro per il quartiere, avevamo mangiato un toast e un gelato, avevamo comprato i bastoncini di liquerizia da succhiare, ma ora mi sentivo soffocare.

Ramona si è seduta sul suo letto.

«Mi dispiace» le ho detto. «Non so da che parte cominciare.»

Non riuscivo a guardarla negli occhi. Non potevo raccontarle quello che avevo fatto. Non sarei mai stata capace di pronunciare quelle parole, non potevano essere dette a voce alta. E se il mio corpo in qualche modo parlava, io speravo con tutto il cuore che tacesse, che smettesse di mostrarmene i segni.

Siamo rimaste in silenzio per un po'.

«Se ti va, ti lavo i capelli» mi ha chiesto lei a un certo punto. Io l'ho guardata con aria interrogativa.

«Mi diverto. Dopo ti faccio la piega. Non ti piace farti lavare la testa?»

«Non lo so» ho risposto.

Lei si è alzata, e anch'io. Davanti allo specchio ho visto i capelli sporchi e annodati, avevo un'aria debole ed era come se non mi riconoscessi, come se non sapessi come avevo fatto a finire lì.

Siamo andate in bagno, mi sono accucciata ai piedi della vasca e lei dietro, si è chinata e ha acceso l'acqua calda. Le sue mani facevano scivolare lo shampoo sui miei capelli, sentivo l'odore dolce del sapone e guardavo l'acqua andare giù dallo scolo insieme alla schiuma chiara.

«Quando Iulian ha compiuto un anno» Ramona si è messa a parlare, mentre mi accarezzava, «gli è venuta una polmonite terribile. L'hanno ricoverato» mi ha detto, e ha iniziato a sciacquarmi, «siamo stati in ospedale due settimane, io stavo lì giorno e notte. Era così piccolo, ma si è ripreso perché è forte e quando siamo tornati a casa, ho capito che dovevamo venir via, ma suo padre non era convinto e mi ha detto: "Vai se credi che sia giusto, ti raggiungo appena ti sei sistemata", così ho preso il bambino e mia madre, e siamo venuti in Italia, ma lui non è arrivato. Forse ha avuto paura, non lo so, io non sono tornata indietro.»

Poi ha spento l'acqua, io ho alzato la testa, mentre lei mi passava l'asciugamano.

«Andiamo di là, così ti siedi e io ti asciugo.»

Ci siamo dirette in cucina, sua madre e Iulian erano in camera. Ha attaccato il phon alla presa della corrente ma, prima di accenderlo, mi ha detto:

«Sono passati cinque anni, io sento un male qui, a volte, al centro del petto, in questo punto, mi sembra di avere un infarto, perché in fondo, siamo noi che ce ne siamo andati. È solo un attimo, pochi secondi e poi passa, e sto bene. Vedrai che starai bene anche tu. Presto starai bene.»

E mi ha asciugato i capelli.

13

La mattina seguente ho aperto gli occhi mentre Ramona si vestiva nella penombra. Doveva essere molto presto. Aveva acceso una luce in corridoio e si muoveva silenziosa per la camera stretta, tra l'armadio e il letto. Era alta, ben più alta di me, le gambe sode, il seno grande, i capelli biondi e lisci raccolti in una coda come sempre, l'ho guardata un istante poi mi sono girata per cambiare posizione. Sono rimasta immobile nel dormiveglia, poi, lentamente, mi sono passata una mano sui seni, erano morbidi, sgonfi, ho sentito un capezzolo, ho tastato intorno, la pelle tiepida e asciutta, non mi facevano più male, ormai non avevo più latte. Le medicine avevano fatto effetto.

Così girata, non la vedevo, Ramona, ma la sentivo spostarsi e immaginavo i suoi movimenti. È uscita, e ha lasciato la porta socchiusa, dallo spiraglio una piccola luce animava la stanza.

S'intravedevano i contorni dei mobili e degli oggetti sparsi per la camera, i suoi vestiti buttati su una sedia, il posacenere per terra, la scatola di acciaio con i trucchi.

Che cosa ci facevo in quella stanza? Ora che stavo meglio, me lo domandavo.

Mi è comparsa l'immagine della signora Maria, morta. Sembrava sorridere. E poi, Giovanni, era come se la vecchia mi avesse mandato a cercarlo.

Avevo pensato a lui quella mattina nella casa vuota, avevo pensato a lui quel giorno in treno per Torino, per questo ora mi trovavo qui, per lui, mi aveva mandato Maria, perché non si era più fatto vivo, non era venuto a vedere la nonna morta e Graziella non ne voleva parlare.

«Era un bimbo buono» mi diceva Maria.

Quando mi raccontava di lui, il volto s'inteneriva, socchiudeva gli occhi come se stesse parlando di un gattino.

«Lo portavo ai giardini, e non staccava la mano dalle mie, io gli dicevo vai a giocare, ma lui mi stava vicino e non si muoveva, nonna vieni con me, sussurrava... non ti annoio, Anna?»

«No, signora Maria.»

«Era il mio tesoro. Lo stringevo al petto e lo riempivo di baci. Sai, il mio petto era così grande che lo avvolgevo tutto, mi sembrava che mi toccasse il cuore. Anna prendi l'album» mi chiedeva a un certo punto del racconto, così io mi alzavo e andavo verso lo scaffale dove Maria conservava le fotografie. Lei desiderava sempre lo stesso, quello dov'erano raccolte le immagini del nipote da piccolo.

«Prendilo per favore, che a Graziella non glielo posso chiedere.»

Lo tiravo fuori.

«La prima, descrivimela.»

Lo aprivo e subito c'era la foto in bianco e nero di un neonato su un asciugamano, sopra un lettone. Maria voleva che cercassi ogni dettaglio.

«C'è un copriletto?»

«Sì, mi sembra che sia bianco, e traforato.»

«Ah, certo. Lo feci all'uncinetto. Se prendi quella scatola lassù da qualche parte, dovrebbero esserci tutti i miei centrini. Alla parete c'è appeso qualcosa?»

«No, ma si vede un pezzo della finestra.»

«Ci sono delle tende?»

Passavamo molte ore così, ogni volta che guardavo le immagini, mi sembrava di scoprire qualcosa di nuovo, che la volta precedente mi era sfuggita per distrazione, o forse perché la mia mente non era stata capace di accogliere tutto in una volta sola.

Maria diventava ossessiva. Non potevo sbagliare, o saltare una foto. Si arrabbiava.

Un giorno provai a chiedere qualcosa a Graziella. La vecchia stava riposando.

«Che cosa me ne farò di tutto quello che c'è negli armadi di là?» mi disse lei, invece di rispondermi. «Mia madre non ha buttato mai niente, lo sai? C'è la sua vita lì dentro, si deve tenere tutto vicino. È sempre stata così. Di certo non mi metterò a guardare quegli album. A cosa mi servirebbe? A sentirmi ancora peggio, forse.»

Mi raccontò che molti anni prima, quando Giovanni ancora non si era trasferito da lei, Maria si occupava di tutto quello che riguardava il bambino.

Aveva le chiavi di casa sua, arrivava presto, all'ora della

colazione, e posava sul pavimento la grande borsa di stoffa verde con dentro la biancheria lavata, stirata e piegata per bene.

Poi usciva, quando Giovanni era a scuola e sua figlia al lavoro, e andava al negozio vicino a comprare le verdure di stagione, al pastificio, e poi al banco dei pescatori, dove sceglieva il pesce con cura, sapeva riconoscere se era fresco dall'occhio e dalle squame.

Rassettava e sistemava la casa e, puntuale, andava a prendere il bambino a scuola per portarlo a lezione di danza. Conosceva i genitori dei suoi compagni e si fermava a chiacchierare con loro all'uscita, dava il suo giudizio sulla maestra nuova, o sui compiti troppo impegnativi, o su com'erano pesanti queste cartelle che usavano adesso.

Lo aspettava fuori dal portone e aveva sempre un regalino in borsa da tirare fuori, una piccola sorpresa comprata in cartoleria o dal giornalaio.

Era sempre stato così fra loro, Maria suggeriva a Graziella cosa fare, in fondo era sua madre e le voleva solo dare una mano.

Poi aveva iniziato a conservare in casa sua tutti i disegni del bambino, i quaderni con i compiti, e i premi che Giovanni riceveva nei saggi di danza a Natale e alla fine dell'anno.

Graziella non era d'accordo, ma non aveva mai detto niente. Mi raccontava che guardava sua madre sistemare i piccoli oggetti nelle scatole ma non riusciva a parlare, le si seccava la gola, allora rivolgeva uno sguardo a suo padre, silenzioso, seduto al tavolo in salotto a pulire la pipa, lui ricambiava, poi scuoteva la testa un momento e alzava le spalle, tornava a concentrarsi sui suoi arnesi, tacendo.

Io ascoltavo quei racconti e pensavo a Giovanni, ma faticavo a immaginarlo adulto, a dargli le sembianze di un uomo di quarant'anni, che faceva ancora il danzatore, come la signora Maria mi ricordava ogni volta, prima di chiudere l'album e appisolarsi per un po'.

«Anna ora sono stanca. Metti via per favore.»

«Certo, signora Maria, ma posso chiederle una cosa?»

«Dimmi.»

«Perché non la viene mai a trovare?»

La vecchia alzava le sopracciglia, ci metteva un po' prima di rispondermi.

«È molto impegnato.»

Nel buio, la porta della camera si è aperta e per un attimo ho pensato che fosse Ramona, che aveva dimenticato qualcosa, ma era passato un po' di tempo da quando era uscita, così mi sono girata. Ho visto Iulian, in mutande e canottiera, dritto davanti a me, l'espressione assonnata, era senza occhiali e sembrava più piccolo della sua età.

«Posso venire un po' lì?» mi ha chiesto.

L'ho guardato e subito ho provato imbarazzo. Lui non si è mosso, ma ha chiuso gli occhi.

«Vieni.» E ho fatto un po' di spazio nel letto.

«Fa caldo, vuoi stare dentro o fuori?»

«Dentro.»

Ho alzato il lenzuolo, anch'io ero in mutande e maglietta e ho sentito i suoi piedi sulla mia pelle, erano freddi, perché aveva camminato scalzo sul pavimento, quel contatto era piacevole, eppure mi sono irrigidita, mentre lui si è sistemato in pochi istanti, supino, e ha chiuso gli occhi, per addormentarsi. Non volevo muovermi, avevo timore di sfiorarlo.

L'ho guardato nel buio, ho ascoltato il suo respiro e forse il battito del suo cuore, eravamo così vicini e sentivo il suo odore, l'odore dei capelli castani e lisci, l'odore di bimbo e l'odore del sonno tra le lenzuola. Ho allungato un braccio e l'ho posato su di lui all'altezza della vita, mentre il cuscino assorbiva le mie lacrime silenziose che scendevano giù dalle guance.

All'improvviso Iulian si è svegliato e si è sollevato seduto. Ho aperto gli occhi. Mi stava guardando.

«Colazione?» Mi ha sorriso. «Sono le dieci.»

«Vai» gli ho detto. «Inizia a preparare, tra un po' arrivo.»

«Ti dispiace se ti lascio da solo oggi?» gli ho chiesto a tavola.

Lui ha sollevato lo sguardo dalla tazza e ha alzato le spalle come a dire che non gli importava, ma si capiva che non era così. Per un po' è rimasto silenzioso.

«Ho un impegno» ho aggiunto, ma lui niente, immergeva i biscotti nel latte e sembrava concentrato a far emergere le piccole stelle di zucchero bianco, mentre il resto del biscotto si scioglieva sul fondo.

«La guida dice che abbiamo ancora due ore di tempo» ho detto infine.

«Cosa?» ha chiesto lui, alzando gli occhi finalmente verso di me. Io mi sono messa a ridere.

«È la frase che ho letto stamattina, doveva essere un libro d'avventure» gli ho spiegato, «ma oggi voglio andare a cercare una persona che conosco, un amico che vive qui a Torino. Poi quando torno, magari facciamo la spesa e prepariamo qualcosa per tua mamma e tua nonna, per la cena.»

«Tu sai cucinare?» ha chiesto Iulian.

«Qualcosa sì. Vado a vestirmi.»

In camera, ho indossato i sandali nuovi, li ho fissati a lungo, seduta sul letto, in mutande. Erano semplici, di cuoio scuro e senza tacchi. Poi ho aperto l'armadio di Ramona. Era pieno di abiti appesi alle grucce, una macchia confusa di colori, e maglioni arrotolati e spinti sotto i vestiti, mescolati ai jeans pieni di brillantini e decorazioni, e alle canotte.

Con una di quelle indosso, e i pantaloni stretti, l'avevo osservata quando mi aveva lavato i capelli e mi era sembrato che le piacesse mostrare il suo corpo.

Ho richiuso l'armadio, non potevo usare un vestito di Ramona, non ce la facevo. Allora ho rovesciato il contenuto della mia busta di carta sul letto. Ho infilato la maglietta bianca, l'unica pulita che avessi, e i calzoncini corti che avevo comprato appena arrivata a Torino, mi sono guardata nello specchio in cui non rientrava la mia figura intera, ma solo il mio viso e una parte del busto. Mi sono passata le mani sulla fronte, per spostare i capelli indietro, e sono uscita.

Così ho lasciato il bambino in casa, mentre scendevo me lo sono immaginato accendere la televisione e incollarsi ai cartoni animati. Ho guardato le grandi vetrate di fronte, e l'intonaco grigio dei muri lungo le scale, ed ero agitata per quello che stavo facendo.

Un particolare conoscevo della vita torinese di Giovanni, e cioè il nome della scuola di danza dove teneva i corsi. Lo sapevo perché spesso Maria lo chiedeva a sua figlia.

«Graziella» diceva, «ma com'è che si chiama il posto dove insegna Giovanni?» Poi si rivolgeva a me: «Mio nipote insegna in una scuola prestigiosa».

Sono rientrata nel primo pomeriggio, ho aperto la porta e non ho sentito alcun rumore, forse la casa era vuota, ma poi ho visto Iulian uscire dalla camera dove dormo. Si era vestito con un paio di calzoncini corti e una canotta rossa, era scalzo, indossava gli occhiali e aveva i capelli pettinati per bene con il gel e la riga da una parte.

«Ciao.»

Mi sono avvicinata, gli sono passata a fianco per entrare nella stanza e lui mi ha seguito, si è sdraiato sul letto di sua madre. Sul mio, c'erano i giochi di legno colorato, erano sparsi dappertutto. Ne ho scostati alcuni e mi sono seduta.

«È bello che sei qui» mi ha detto, io ho radunato i piccoli pezzi e ho iniziato a metterli vicini, accostandoli uno all'altro. Iulian si è sollevato per vedere cosa stavo facendo, poi è scivolato giù dal letto di Ramona. Mi ha passato un pezzo, io l'ho sistemato.

«Hai trovato il tuo amico?»

Ho scosso la testa, ma ero ancora elettrizzata.

«Non era in casa?»

«Non l'ho cercato a casa. Sono andata a vedere dove lavora, solo che a luglio non c'è nessuno. C'era la segretaria. È una scuola di danza, i corsi cominciano a settembre.»

Mentre lo dicevo, ho sentito l'eccitazione che avevo provato al mattino, quando ho suonato il campanello della scuola e il portone si è aperto automaticamente, una ragazza mi ha sorriso e mi ha detto buongiorno. Allora è stato più facile di quanto pensassi. C'era un buon odore, ero a mio agio, improvvisamente.

Non avevo più l'ansia di quando ero uscita dalla doccia e non avevo saputo come vestirmi. Il mio respiro fluiva tranquillo mentre la segretaria mi guardava senza nessun sospetto.

Ho ricambiato il sorriso.

«Vorrei delle informazioni sui vostri corsi.»

Mi ha fatto vedere il salone con il pavimento di legno, tenevo in mano il volantino con gli orari, i costi e le discipline, ho visto una grande parete di specchi, attraversata da una sbarra orizzontale, i miei passi scricchiolavano, lei si è girata verso di me.

«Sei una danzatrice?»

Mi sono imbarazzata, ma non ho risposto di no. Ho guardato il foglio e in quel momento ho visto il suo nome, il nome e il cognome di Giovanni e ho letto la dicitura della disciplina a fianco.

«M'interessa la danza sensibile, mi vorrei iscrivere.»

«Il corso del martedì sera è aperto a tutti» ha precisato lei, «principianti e avanzati lavorano insieme.»

Nella prima palestra in cui ho messo piede, mi ha portato mio padre, avevo compiuto sei anni e iniziavo la prima elementare.

«Qui s'imparano le regole» mi aveva detto. «Dovrai stringere i denti, hai capito?»

Davanti a me, la sala con i tappeti verdi, le pedane in lontananza, le spalliere alle pareti, e i ragazzini muscolosi che si allenavano nel silenzio.

La sera precedente i miei genitori avevano discusso, a cena. Mia madre continuava a dire che la piscina era più comoda, che ci andava anche Miriam, e potevano portarci insieme a turno lei e la vicina, e che costava meno.

«Fai i conti su tutto, e ora te ne esci con questa storia della ginnastica artistica. E così bisogna andare fino in città. Ragiona un momento per favore, non ha senso.» Aveva continuato a lungo, ma lui le aveva risposto che la decisione era presa, che i suoi figli non sarebbero mai andati in piscina. Matteo era finito a judo e io a ginnastica artistica. C'era bisogno di uno sport che ci desse disciplina.

«La disciplina non c'entra» aveva detto mia madre, «la questione è un'altra.»

Lei aveva la voce strozzata.

«Nessuno dei miei figli farà nuoto.»

«È perché a te è andata male?»

Mio padre aveva smesso di urlare. Si era avvicinato a mia madre. «Non la dire mai più una cosa del genere» aveva sibilato lui.

Ora che la segretaria mi mostrava la sala della danza, riconoscevo il profumo del gesso bianco che passavamo sulle mani e sui piedi per non scivolare. Noi bambine stavamo in fila, in ordine di altezza e di peso, con la tutina nera e lo stemma bianco e rosso sulla spalla, i capelli fermati dall'elastico e dalle forcine, le gambe unite, il petto in fuori, il respiro trattenuto prima di fare l'esercizio, e il brivido di paura, quella sensazione allo stomaco prima di salire sulla trave, l'angoscia di perdere l'equilibrio. Mi si velava lo sguardo e le gambe potevano cedere da un momento all'altro, poi, quando arrivava il mio turno, qualcosa mi spingeva sulla trave, il pensiero che dovevo farlo. Tornavo a respirare solo finito l'esercizio.

Dopo l'esame della quinta elementare, e cinque anni di ginnastica artistica, dopo aver aspettato per un paio di giorni che qualcuno accennasse ai jeans che avrei dovuto ricevere in regalo, e che non arrivarono mai, mi decisi e trovai il coraggio per parlare a mio padre. Eravamo in macchina, lungo la strada di campagna che ci riportava a casa. Lui stava guidando, mia madre aveva abbassato il finestrino per fare entrare un po' d'aria dalla strada.

«Non voglio più andare a ginnastica» dissi. «Non ci voglio mai più andare.»

«Che cosa?» fece lui.

«Non ce la faccio, sono sempre stanca, non ho tempo per nient'altro, e alle medie dovrò studiare di più.» Sentivo arrivare le lacrime agli occhi, ma adesso riuscivo a controllarle, e a trattenerle dentro di me. Mi si formava un groppo in gola, e stava lì per un po', ma poi, piano piano, sarebbe passato.

La mamma si girò. Non disse niente, mi guardò negli occhi.

«Ci sono le competizioni a settembre» disse mio padre.

«Non le voglio fare.»

«Ah» fece lui. Poi rimase zitto, non parlò più per tutto il viaggio, e noi nemmeno.

Ho guardato Iulian, con la sua canotta rossa e i capelli ordinati, in piedi accanto al mio letto, concentrato sulla costruzione colorata che stava creando con i pezzi di legno, mentre mi chiedeva se avevo incontrato l'amico che cercavo.

«Ma quando lo trovi te ne vai con lui?» mi ha domandato poi.

«No, non credo» gli ho risposto, però mi sono chiesta quanto ancora potevo restare da loro.

«Andiamo al supermercato» ho detto. «Cosa mangiamo stasera?»

All'ora di cena sono rientrate Ramona e la nonna. Ramona è venuta dritta verso di me, in cucina, stavo apparecchiando la tavola.

«T'interessa ancora lavorare?»

Ho alzato lo sguardo verso di lei.

«Certo.»

«Puoi iniziare subito. Con mia madre. C'è un posto libero sul furgoncino. Stessi turni, stessa paga.»

Mi ha sorriso, si è seduta a tavola e poi si è girata verso Iulian:

«Hai lavato le mani?»

14

Non ho avuto un contratto, né firmato niente, alla cooperativa. Mi hanno detto che di lavoro ce n'era fino a inizio ottobre, e poi ne avremmo riparlato, e che mi avrebbero pagato ogni venerdì, in contanti.

Da quando ho iniziato, ho lavorato sempre senza parlare, perché la nonna, al mio fianco, si piegava muta sugli scalini, non mostrava fatica, né malumore. Dopo qualche giorno ho cominciato a sentire male alla schiena, non sapevo quale fosse la posizione migliore per passare lo straccio sulle scale, ogni tanto m'inginocchiavo, poi mi tiravo su, ricominciavo con le gambe dritte e la schiena curva, spesso sentivo lo stimolo della pipì ma avrei dovuto aspettare per il bagno, e allora stringevo i muscoli più che potevo, per resistere. Andava meglio, avevo sempre di più il controllo sullo stimolo, stavo riprendendo la mia forza.

Fissavo gli scalini e ascoltavo i rumori che faceva la nonna poco distante da me, sistemava il carrello con gli arnesi sul pianerottolo, toglieva la polvere sulla ringhiera, o puliva i vetri con l'alcol. Ogni tanto le prendeva un colpo di tosse, e allora usciva la sua voce, mi sembrava secca, rauca, la voce di una fumatrice, ma non l'avevo mai vista con una sigaretta, e quando si fermava per riposare, incrociava le braccia sul petto e guardava verso la finestra, la strada, le auto. Ogni tanto tirava fuori dalla tasca dei pantaloni i semi di zucca, li apriva con i denti per far uscire il piccolo seme e mangiarlo, e infilava le bucce di nuovo nella tasca, con quelli interi. I suoni della nonna di Iulian mi accompagnavano mentre lavoravo.

Con la signora Maria era più semplice, perché potevo decidere come organizzare il tempo e le faccende, una parte del mio compito era semplicemente di ascoltarla e tenerle compagnia.

Adesso, ogni giorno, dopo poche ore avevo male alle braccia, ai muscoli poco allenati, al bacino non abituato a incurvarsi, del resto mi domandavo se ci si può abituare a stare piegati così a lungo. Mi rimaneva sulle mani l'odore del detersivo, nonostante dovessi usare i guanti spesso li toglievo, perché il contatto della gomma con la pelle m'infastidiva, e quell'odore mi accompagnava fino a sera, quando tornavo a casa e la giornata era scivolata via, non avevo pensato a nulla, Iulian ci aspettava in cucina, davanti al televisore, con il viso annoiato e assorto.

Le giornate avevano cominciato a passare senza che me ne accorgessi, in poco tempo era arrivato settembre, con un'aria fresca che proveniva dalle montagne, non c'era più il caldo afoso di agosto, né l'umidità, né i rumori dei lavori in corso per le strade, il trapano continuo degli operai con gli elmetti in testa, la via deviata dalle transenne, e l'odore acido dell'asfalto sotto il sole.

Il primo giorno di lezione di danza mi sono trovata davanti alla scuola che mancava più di mezzora e non volevo entrare con tanto anticipo.

Erano le sette, il cielo era diventato rosa per il tramonto. Ho passeggiato lungo la via per un po', poi mi sono seduta su un gradino ad aspettare.

Le mie mani sapevano di disinfettante. Ero sporca, con gli abiti da lavoro, ma non potevo tornare a casa a cambiarmi, non avrei fatto in tempo per l'inizio del corso. Sapevo che avrei varcato la soglia della scuola, ma avrei potuto anche non farlo, tornare indietro, il biglietto dell'autobus era ancora valido e lo sarebbe stato per tutto il percorso attraverso le strade e le case. Avrei visto il cielo da rosa farsi scuro e il momento in cui si accendono i lampioni, sul bus lungo i viali, e poi sarei arrivata da Ramona, con la nonna e il bambino seduti a tavola, avrei sentito il profumo forte della zuppa di cavolo che la nonna spesso cucinava al suo rientro, che si mescolava all'odore del detersivo da pavimenti. E mi sarei seduta con loro, nella cucina di una famiglia che non era la mia, vi avrei trovato consolazione.

Invece sono entrata nello spogliatoio, ho guardato le altre ragazze che si cambiavano e alcune parlavano tra di loro, ho visto quei corpi, gambe sode, muscolose, o secche, pallide. Ho osservato le tute da danza, mentre infilavo un paio di pantaloncini corti morbidi e mi chiedevo se fossero adatti. Sono entrata in bagno, sono rimasta lì dentro per un momento prima di uscire. Le pareti erano pasticciate da scritte e firme, come quelle dei licei. Ho premuto sullo scarico del water e poi ho aperto la porta.

Entravo di nuovo in una palestra dopo tanti anni.

La sala era illuminata da una luce debole, alcune persone erano sdraiate sul pavimento di legno. Sembravano addormentate. Qualcuno si muoveva leggermente, portando un braccio in aria e spostando di poco il busto o le spalle, oppure ruotava su se stesso, trovandosi all'improvviso di schiena, qualcun altro stava semplicemente rannicchiato sul pavimento, un ragazzo era seduto con la testa appoggiata alla parete, sul fondo.

L'ho fatto anch'io, vicino alla porta d'ingresso, ho fatto scivolare la schiena contro il muro freddo, umido, mi sono seduta e ho aspettato che succedesse qualcosa.

Poi è entrato. Ho saputo che era lui dai movimenti degli altri, qualcuno ha alzato la testa, un altro è venuto a sedersi, e Giovanni è entrato in sala, svelto, si è diretto verso l'angolo con il tavolo su cui c'era lo stereo.

Ho seguito con lo sguardo i suoi passi, aveva la testa rasata, gli occhi chiari e non ho riconosciuto nulla in lui che potesse riportarmi a Graziella e alla signora Maria. Ma ho capito che era lui, avevo Giovanni di fronte, e d'istinto avrei voluto andargli incontro e abbracciarlo. Non avevo mai provato qualcosa di simile, tanto meno per uno sconosciuto, ma io avevo tenuto stretta la mano di sua nonna poche ore prima che morisse, avevo ascoltato per tre anni i racconti su di lui, avevo analizzato le fotografie di quello che era il neonato e poi il bambino e poi il ragazzino, e ora lo avevo davanti a me, uomo.

Ha iniziato a parlare, camminando piano verso il centro della sala, come se riprendesse il filo di un discorso abbandonato da poco.

«Muovete il vostro corpo con leggerezza» ha detto fermandosi al centro, tra di noi, «dalla posizione in cui siete andate sul fianco, in questo modo sarete pronti per nascere alla danza. E ricordate che non è dormire, questo stato, quindi vi consiglio di evitare la posizione a stella marina, perché vi riporta all'immobilità. Sul piano evolutivo, vi riporta alla specie degli invertebrati. Ricordate, non è dormire, ma uno stato di vigilanza, così potrete nascere al movimento.»

Ha chiesto di cercare un flusso continuo, arrivando a rotolare dolcemente, con lentezza, per qualche minuto, e di abbassare le palpebre, di dar vita a movimenti spontanei senza sforzo, dal luogo in cui ci trovavamo.

«Il nostro programma» ha continuato «è di rinascere alla danza e far salire il livello delle energie a poco a poco... abbandonate la stanchezza e i rumori del mondo fuori, e permettetevi di entrare a contatto con il vostro respiro.»

Allora, dall'angolo in cui mi trovavo, ho visto le persone sdraiate per l'intera palestra rotolare piano, e da lì, dal mio sguardo, sono scesa a terra anch'io, e ho chiuso gli occhi, ma non sono riuscita a muovermi, sono rimasta ferma, sul fianco, un corpo rigido e immobile, eppure sentivo vibrare la musica sul pavimento, ed era come una scossa dentro di me.

Dopo un po', non so quanto tempo fosse passato, dopo il tocco di una piccola campana, Giovanni ha parlato di nuovo.

«Buona vita a tutti» ha detto camminando lentamente, guardandosi in giro, tra i suoi allievi.

«Benvenuti alla prima lezione di quest'anno, v'invito a

venire a sedervi da dove vi trovate, senza fretta, spostandovi con molta calma dalle vostre posizioni e a raggiungere il centro, per favore, per formare un cerchio.»

Alcuni da sdraiati sono saliti sulle ginocchia a quattro zampe, come gatti, poi a poco a poco qualcuno si è seduto con le gambe incrociate. A quel punto ho sentito che Giovanni mi stava fissando, ho alzato lo sguardo e lui era girato verso di me. I nostri occhi si sono incontrati per un momento, ma ho distolto subito i miei, come se potesse scoprire chi ero solo con quello sguardo.

Allora mi sono mossa. Mi stavo spostando, ma i miei gesti non erano morbidi come quelli degli altri, andavo a scatti, non sapevo se alzarmi, non c'era nessuno in piedi, ma volevo raggiungere il centro. Mi sono messa a quattro zampe anch'io, ed ero goffa.

Quando il cerchio si è formato, al centro della sala, lui ha chiesto di alzare la mano sinistra e rivolgere il palmo verso di sé, all'altezza dei propri occhi, e guardarlo, e poi, dopo averlo aperto di lato, farlo scendere sul ginocchio della persona a fianco.

«Posiamo il cuore della nostra mano, con delicatezza, sul corpo del vicino» ha detto, «il contatto sarà un semplice tocco. Chi vuole può abbassare un poco le palpebre, per un momento.»

Poi abbiamo alzato la mano destra, di nuovo il palmo davanti al nostro sguardo e l'abbiamo abbassato delicatamente, questa volta verso il petto del compagno vicino. Il tutto è avvenuto lentamente, io ho iniziato a sentire male alla schiena per la posizione delle gambe, e fastidio perché non potevo muoverle, e imbarazzo per la mano che stava sul mio ginocchio nudo, mentre vivevo il calore intenso di quel contatto. Provavo dolore al braccio che stava sollevato verso il cuore del ragazzo al mio fianco, ma nessuno intorno sembrava soffrire come me.

Giovanni parlava con voce calma, e dopo un po' non ho più fatto caso al dolore, mi sono sentita sopraffare dall'emozione, in quella posizione statica, intrecciata ad altri corpi, qualcosa stava capitando, non ero nel posto sbagliato, e ho sentito un velo umido scendere sul mio sguardo confuso.

Lentamente, dopo, mi sono abbandonata al pavimento, come avevo già provato, accettando le indicazioni, ascoltandole, mentre Giovanni passeggiava tra di noi. A volte semplicemente passava in silenzio e appoggiava una mano su una schiena, sfiorava il collo di qualcuno con le dita per invitarlo a scendere, a rilassare le tensioni, ci indicava di non sollevare i piedi, di non fermarci, in un flusso continuo.

«Là dove vi accorgete che il vostro corpo precipita» ci diceva, «rallentate, perché c'è un vuoto, e il corpo deve recuperare delle informazioni. Ricordate che in principio il movimento è organico, non ci sono interruzioni, non ci sono fratture.»

Allora, in quel momento, sdraiata, per quanto il mio corpo lo permettesse, ho provato a sentire il mio precipizio, così profondo.

La lezione era volata, quando lui ci ha invitato a venire a sederci nuovamente in cerchio, per il saluto, perché erano le dieci, e potevamo andare a cambiarci.

Nello spogliatoio due ragazze vicino a me hanno cominciato a parlare. Mi ero appena seduta sulla panca di legno, frastornata dalle ore trascorse. Stavo così, senza riprendere ancora i miei abiti sporchi, non avevo voglia di farlo, ma avevo una gran fame all'improvviso e nessun dolore in corpo, come se mi avessero fatto un massaggio o qualcosa del genere. Ero piena di energia.

Ho ascoltato.

«Com'è andato il seminario estivo?» chiedeva una ragazza all'altra.

«Un'emozione intensa. È il lavoro che si fa in palestra, ma sei nella natura. Ripercorri le tappe evolutive dell'essere umano. Stai sugli alberi, in attesa, sai che a un certo punto ti lascerai andare, cadere giù a terra, come un frutto maturo.»

«E lui?»

«Giovanni?»

«Sì.»

«È così come lo vedi qui, nelle pause se ne sta per conto suo. Non è di molte parole.»

L'altra ragazza ha annuito. Mi sono chiesta cosa intendesse, ma lo intuivo. Mi aveva colpito la sua calma, una pace che trasmetteva con lo sguardo, con la voce, con ogni parte di sé, eppure mi era sembrato solitario.

Sono uscita dallo spogliatoio senza cambiarmi, non volevo prendere il bus, ma a piedi non ero sicura di riconoscere la strada e poi sarebbe diventato molto tardi, dovevo alzarmi presto e anche se in quel momento mi sentivo così bene l'indomani mattina sarebbe stato diverso. Ho camminato lungo il marciapiede seguendo la via indicata dalle fermate, prima o poi uno ne sarebbe passato.

Sono arrivata a casa e Ramona stava sulla poltrona davanti al televisore. Si è alzata quando mi ha sentito entrare in cucina.

«Sei strana» mi ha detto.
«No. Non credo.»
«Sì, invece. Hai un'aria eccitata.»
«Ho fame.» Ho aperto il frigorifero per prendere uno yogurt. «Sto bene. Era da un po' che non mi sentivo così.»
«Sarà la danza!» ha scherzato e ha tirato fuori una birra.
«Dormono?» Ho pensato a Iulian e alla nonna, ho guardato l'orologio alla parete ed erano le undici.
«Domani è il sette. Primo giorno di scuola!»
Ramona ha sorriso e io anche, ma subito dopo ho rivolto lo sguardo al calendario appeso poco sotto l'orologio.
«Oggi ne abbiamo sei» ho detto, più a me stessa che a Ramona.
«Sì, perché?»
«Sono passati due mesi.»
Due mesi da quando ho partorito, ma questo non l'ho detto, Ramona stava lì di fronte con lo sguardo di chi si aspetta una spiegazione.
«E oggi c'era la prima lezione di danza» ho continuato, lasciandola ancora più in sospeso. Poi ho visto che cambiava espressione, come se mi avesse capito, e non mi ha chiesto più nulla.
«Primo giorno di scuola!» ha detto ancora, con il tono allegro di prima, ma più forzato, ora.
«Vado in camera» ho risposto.

E di nuovo, come altre volte in mezzo al nulla, nella mia mente sgombra, ecco i primi giorni di luglio, la mia storia, un bimbo che compie due mesi e che, se adesso ha una famiglia, forse sarà festeggiato.

Qualcuno avrà osservato quant'è cresciuto, com'è cambiato, lo avrà pesato, avrà misurato il latte nel biberon, lo avrà sentito piangere dalla culla e preso, stretto tra le braccia, lo avrà annusato, e avrà pensato: ora è mio. Ora questo bambino è mio, non so da dove viene, di chi è figlio e cosa gli è capitato per essere lasciato da solo in ospedale, ma ora è mio.

Sono trascorsi due mesi, ho pensato sdraiata sul letto, con la luce spenta, i vestiti da danza indosso, la pelle sudata.

L'assistente sociale, in ospedale, era seduta al mio fianco, più mi guardava negli occhi, più io mi facevo piccola e non riuscivo a rispondere.

E poi, a un certo punto, mi ha detto:

«Se non vuoi firmare subito questo foglio, ma aspettare, c'è la possibilità di avere due mesi di tempo per rifletterci su, se riprenderti il bambino.»

Io ho ricambiato il suo sguardo, a lungo.

«Ho bisogno di stare da sola, ora» le ho detto con un filo di voce, e le ho chiesto se aveva una penna.

Per la prima volta mi è arrivata una fitta dentro, la sensazione di aver perso quello che mi apparteneva, ne ho sentito la mancanza, i polmoni si sono svuotati, mi è mancato il fiato. Eppure l'ho fatto, ho chiesto di non dirmi nulla, di non farmi sapere. Ho mosso quei passi, ho lasciato la stanza dove l'ho messo al mondo, senza toccarlo, senza sapere se era maschio o femmina. Ho abbassato lo sguardo, le mie braccia sono rimaste immobili.

Mentre dormo, quando non me lo aspetto, quando di giorno la vita scorre piena di cose, lui torna nei miei sogni, ma non ha un volto preciso, è un bambino grande, a volte è nudo, mi viene incontro a cercare il mio abbraccio, che non gli posso dare, a volte è un neonato che piange. Mi chiedo se smetterà, mi capita di non sognare per molte notti di seguito, e me ne dimentico. Poi compare, di nuovo, casualmente. Esiste, è vivo, da qualche parte, qualcuno si è preso cura di lui, lo sta facendo crescere, gli ha dato il suo cognome. Gli ha dato la sua identità.

In bagno, ho chiuso la porta e mi sono spogliata. Ho fatto scorrere l'acqua della doccia, sentendo se era calda con una mano. Sono stata a lungo sotto il getto, ho cercato di respirare forte, e ho alzato la temperatura, avevo bisogno che scottasse sulla mia pelle, per non ascoltare i pensieri, per coprire i ricordi che bruciano sulla fronte, contro le tempie.

Era l'estate della quinta elementare. Stavo per andare in prima media. Avevo lasciato la ginnastica artistica, avevo deciso di non partecipare alle gare, dopo un inverno di preparativi, non se ne era fatto più niente.

«Anna, cos'è successo? Apri!» Mio padre bussava alla porta del bagno. Aveva sentito un colpo. Eravamo da soli, perché mia madre aveva portato Matteo al mare.

Da diversi giorni avevo dei dolori alla pancia.

Poi lui aveva forzato la porta che già era quasi scassata e non si chiudeva bene. Era entrato.

Avevo undici anni, e non potevo prevedere che sarei stata così male da svenire sul pavimento, e che tutto quel sangue sarebbe esploso dopo ore di crampi, e che lui, trovatami per terra, sporca degli umori mestruali, si sarebbe ritratto indietro, lasciandomi lì dov'ero.

Poi mio padre era uscito di casa.

Sono uscita dalla doccia, con il calore dell'acqua sulla pelle, con l'energia della danza ancora addosso, e ho provato rabbia per quello che è successo finora nella mia vita, per tutto quello che ho lasciato e che non possiedo più.

Sono tornata in cucina, Ramona era ancora lì, seduta al tavolo, adesso sfogliava le pagine di una rivista di moda e di gossip.

«Vieni anche tu domani» mi ha detto quando mi ha visto.

«Posso prenderti una birra?» le ho chiesto.

«Certo.» Era stupita, non mi aveva mai visto bere.

«Allora, che ne dici, andiamo ad accompagnare Iuli alla scuola? Andiamo tutte: la mamma, la nonna e la zia, facciamo finta che sei la zia.»

L'ho guardata seria.

«Devo andare a lavorare.»

«Si arrangeranno» ha detto Ramona. «Qualcosa s'inventano. Telefoni domattina e dici che ti sei fatta male. Facciamo colazione tutti insieme, Iulian sarà felice!»

15

Mi sono chiusa in camera, la sera prima di andarmene via da casa.

Avevo ventidue anni.

Avevamo mangiato le acciughe fritte da mia madre, a cena, in silenzio, dopo la lunga lite che avevo avuto con Matteo, dopo aver cercato una spiegazione, dopo aver guardato mio padre cacciarsi un'acciuga dopo l'altra in bocca, con la fretta di chi ha sempre fame e non gl'importa se agli altri resta qualcosa oppure no.

Sono andata in camera e ho preparato con cura lo zaino, ho scelto un pigiama, la biancheria, un maglione, un paio di stivali, una tuta da ginnastica. Ho dato un'occhiata alle altre cose che avevo nell'armadio, le avrei lasciate, non m'importava.

La mattina dopo, lunedì, mi sono avviata verso la stazione come ogni inizio di settimana, per andare all'università, ma non ho preso il treno.

Ho letto gli annunci di lavoro sul giornale della città, e da una cabina ho chiamato a casa della signora Maria per fare il colloquio.

Sono rimasta con lei per tre anni, fino al giorno in cui è morta.

L'ho guardata un momento, mia madre, di mattino, stava preparando il caffè per la colazione, assorta nei suoi pensieri.

«Hai tempo di prenderne una tazza?» mi ha chiesto quando sono entrata in cucina. Ho fatto segno di no con la testa.

«Che c'è? Non t'è ancora passata?» mi ha detto. «Che cosa dovrei dire io allora?»

Non sono riuscita a risponderle. Ho pensato solo che quello era l'ultimo sguardo che le vedevo addosso, e che me ne stavo per andare, e che sapevo, guardandola, che lei non mi avrebbe cercato se non l'avessi fatto io.

«Studia questa settimana, fai il tuo dovere» mi ha detto. «E non ti distrarre troppo. Ci vediamo venerdì.»

Sono uscita dalla cucina, mentre si girava ad accendere il gas sotto la caffettiera.

Ho aperto la porta della camera di Matteo.

Da qualche anno, da quando mio fratello aveva iniziato a lavorare al frantoio, lo studio di mio padre era diventato la sua stanza, mentre io ero restata nella camera dove eravamo cresciuti, con tutte le sue cose ancora mescolate alle mie, e ai libri dei miei genitori, e a mobili che loro trovavano frugando nei mercati o in magazzini dismessi e che per anni attendevano di essere restaurati, o sistemati alla meglio, quando non finivano invece come legna da ardere in inverno, o mangiati dalle tarme o dall'umido.

Mio fratello aveva portato il letto nello studio, e anche lui aveva lasciato le cose come stavano: la vetrina con i trofei sportivi di mio padre chiusi a chiave, il computer ad arrugginire, i pesi e gli attrezzi da allenamento buttati alla rinfusa sotto il tavolo insieme a qualche damigiana vuota per l'olio o per il vino finita in quella stanza chissà per quale motivo.

Era buio e lui dormiva come sempre a quell'ora, doveva aver fatto tardi, era uscito subito dopo aver mangiato, con la macchina, se n'era andato in giro con qualche amico a bere una birra e a sfogare la tensione accumulata prima di cena e durante.

Non c'eravamo chiariti e io ora stavo per andarmene. Ho visto le sue scarpe da ginnastica buttate ai piedi del letto, mi sono chinata a raccoglierle e le ho messe fuori dalla porta, poi sono rientrata. Ho passato qualche minuto così, a guardarmi intorno, prima di uscire.

Dovevo muovermi però, perché se si fosse svegliato non avrei voluto che mi vedesse lì.

Quanto avevo speso in tre anni di università, a fare avanti e indietro in treno due volte a settimana per duecento chilometri, quanto a dormire cinque notti fuori di casa ogni settimana da settembre a giugno nel convitto universitario concesso a poco prezzo a chi aveva il massimo dei voti.

Erano briciole quei soldi e lui ora voleva la sua parte, l'equivalente di quello che avevo speso io per studiare.

Non avevo capito subito perché improvvisamente tirava fuori questa storia.

Ero rientrata dall'università la sera prima, dopo diverse notti insonni trascorse in foresteria e mi sentivo addosso ancora l'odore degli animali.

Matteo non mi aveva salutato quando mi aveva visto, a colazione, e mia madre era rimasta silenziosa per tutto il giorno.

Sono uscita dalla camera di mio fratello, erano le sette e mezzo del mattino, ho raccolto la mia borsa da terra e ho aperto la porta di casa.

Sono passata dal gabbiotto delle galline, avevo sentito il canto del gallo poco prima e sono andata a controllare ma non c'erano ancora uova. Ho percorso le scalette che portano alla strada e mi sono diretta verso la fermata della corriera. Faceva fresco. Ho guardato verso i boschi e poi ho sentito dalla strada il clacson dell'autobus che segnalava il suo arrivo.

Gli avevo urlato contro, lui guadagnava bene, lavorava per quattro o cinque mesi l'anno, giorno e notte nel periodo più intenso della raccolta delle olive, quando la gente dei paesi vicini portava i propri sacchi da spremere.

Il frantoio era poco distante da casa nostra.

Prenotavano il turno, telefonavano prima per capire com'era messa la fila, ma tanto lo sapevano che si faceva notte perché la macchina era una e ci voleva il suo tempo, soprattutto lì, dove lavorava Matteo, perché si controllava ogni passaggio, per essere sicuri che poi nella tanica ci finisse il proprio olio e non quello di altri.

Facevano a gara, le persone, a chi aveva avuto la resa migliore, si domandavano l'un l'altro quanti quintali avevano caricato sul furgone, e quanti litri avrebbero chiuso in cantina o portato a imbottigliare ed etichettare.

Lanciavano un'occhiata alle ceste che entravano, dal colore delle olive si capiva che il proprietario se ne intendeva, oppure no, si faceva l'olio per hobby.

«Saranno pure molte» diceva uno, «ma queste sono troppo verdi.»

«Che spreco» rispondeva un altro, «quelle là sono troppo nere, non c'è più niente da spremere. Hanno aspettato tanto sulle reti...» E si chinava a togliere via una pietra dalla cesta, o un ramoscello di foglie. E poi trangugiava un bicchiere di vino prima di andarsene a casa a dormire, all'alba, con gli occhi rossi.

«Non lavoro più se lo vuoi sapere. In autunno non ci rientro al frantoio.»

Mi aveva risposto urlando anche lui, più forte di me, come succedeva da bambini, quando stavo a guardare che la porzione di cibo nel piatto fosse uguale. Quello che prendi tu lo prendo anch'io e non c'è scampo. Si finiva solo a strillare uno sull'altro.

«A Matteo gliene hai dato di più.»

Mia madre non controllava. «Non è vero» diceva. «Mangia quello che c'è nel piatto.»

Lo invidiavo. Lo guardavo rientrare in casa dalla piazza con i capelli bagnati di sudore e le guance arrossate.

«Vieni a tavola» gli diceva mia madre. «Stiamo aspettando te per cominciare. Hai corso come un matto. Vero?»

Gli passava le dita tra i capelli e lo accarezzava. Poi sceglieva la bistecca più grande, abbrustolita sulla stufa, e gliela metteva nel piatto.

«Adesso mangia tranquillo.»

Desideravo le sue fossette, mentre sorrideva alla mamma, le sue lentiggini sulla pelle del viso e le ciglia lunghe e scure.

Si riempiva la bocca con i pezzi di carne, e parlava, mentre buttava giù il cibo quasi senza masticarlo.

«Ce n'è ancora, ma'?»

«Devi dividere l'ultima fetta con tuo padre» rispondeva lei. «Siete affamati stasera...»

«Hai lasciato il lavoro?»

Non potevo pensare che avesse fatto una cosa del genere. Quel posto gli permetteva di stare in casa da maggio a settembre, e lui se ne andava al mare tutti i giorni, l'abbronzatura gli restava sulla pelle anche durante l'inverno.

Nel tempo libero correva con la macchina su per i tornanti con i suoi amici, facevano le gare con gli scooter e si sentiva l'eco del rombo del motore fino a casa.

«Non sono affari tuoi, ma ora mi servono i soldi» mi ha risposto. «Ho l'estate da far passare» ha aggiunto.

«Dimmi che è successo!»

Matteo si è girato verso di me, indossava una maglietta attillata sulla pelle, sopra i jeans, e aveva tagliato i capelli molto corti. Era così magro.

«Ho fatto una cazzata» mi ha risposto, e aveva le lacrime agli occhi.

«Che cosa?» tremavo. «Che cosa hai fatto?»

«Non ne voglio parlare. È facile per te. Che ne sai di cosa vuol dire lavorare? Tu puoi studiare sulle spalle degli altri, di quelli che si fanno il mazzo tutto il giorno. Non ti sei ancora guadagnata nulla» mi aveva detto. «Io lavoro da quando avevo sedici anni» aveva aggiunto.

Tremavo più forte, ora.
«Ci sono cose che non puoi capire. Sei solo un'ingenua.»
«Che cosa stai dicendo?» gli ho chiesto.
«Lascia stare.»
«Che cos'è che non capisco?»
«Fai come se non avessi detto niente.»
«Però l'hai fatto.»
«Chiedilo a lei, se ne hai il coraggio. Svegliati Anna.»

Poi era uscito in cortile e si era messo a fumare una sigaretta. Mia madre stava iniziando a preparare per pulire le acciughe, ma aveva ascoltato tutto.

«Perché insisti con queste domande?» mi ha detto lei appena mi ha visto entrare in cucina.

«Lascia perdere. Abbiamo avuto una settimana difficile noi, qua. Ci mancava solo la vostra lite. Dovete volervi bene, e basta. Dovete andare d'accordo.»

«Che cos'ha combinato Matteo?»

Lei ha lanciato un'occhiata di là, per assicurarsi che la porta fosse chiusa e che mio fratello, da fuori, non potesse sentirci.

«Ha fatto a botte. Sai che stanno sistemando il frantoio, sarà tutto nuovo per l'autunno. Ma tuo fratello l'altra mattina si è pestato con Giuseppe, il figlio del titolare, ed è stato licenziato.»

Non ci potevo credere. Mi sono seduta sulla sedia, e guardavo mia madre.

«Quel ragazzo è finito in ospedale.» Si è messa una mano sulla bocca, come per impedire al resto delle parole di uscire. «Oh, accidenti!» ha fatto. Si era lasciata scivolare dalle mani il sacchetto e ora le acciughe erano cadute per terra, schizzando gocce di sangue dappertutto.

Mi sono sporta dalla sedia verso il pavimento.

«Oddio che pasticcio» ha ripetuto.

Ne ho raccolte alcune anch'io.

Le abbiamo posate sul piatto e io sono andata al lavandino, volevo sciacquarmi via lo sporco dalle mani, all'improvviso mi dava fastidio l'odore del pesce, e la sensazione delle squame a contatto con la pelle.

Lei ha iniziato ad aprirle, a una a una, passando il dito sulla lisca per tirarla via e posarla insieme alle interiora sulla carta da pane.

«E ora ti ci metti pure tu!» Aveva le dita nere.

«Io?» ho risposto. «È lui che ha tirato fuori questa storia. È lui che mi ha messo in mezzo, e io vorrei una spiegazione.»

Mia madre si è fermata un momento, ma teneva lo sguardo basso, sulle acciughe sventrate, poi ha alzato il viso, e mi ha parlato.

Sono uscita dalla camera di mio fratello, la mattina in cui me ne sono andata via da casa, l'ho guardato dormire con la testa schiacciata sul cuscino, il corpo muscoloso e robusto, il segno della maglietta sulla pelle, ho raccolto la mia borsa da terra e ho aperto la porta.

Ho percorso le scalette che portano alla strada e mi sono diretta verso la fermata. Poi è arrivata la corriera, ho salutato l'autista e sono andata in fondo, a cercare il sedile dove mi mettevo di solito.

L'autista suonava il clacson a ogni curva, ho guardato dalla finestra la casa dei nostri vicini scorrere via, le fasce di terra con gli ulivi e altre case sparse qua e là, i cancelli con il divieto d'ingresso e i cani legati alla catena tutto il giorno che ringhiano rabbiosi non appena qualcuno si avvicina.

Mi è sembrato di non lasciare molto, andandomene via da lì, e non ho provato nulla, ho guardato il cielo grigio e i boschi fitti, di vegetazione selvaggia difficile da penetrare, senza sentieri, senza strade battute dall'uomo.

Non stavo lasciando molto, me lo ripetevo mentre scendevo dalla corriera e salutavo l'autista con un cenno della mano.

«A presto» mi ha detto. Gli ho sorriso.

16

Mi sono stesa per terra e il legno ha scricchiolato, la settimana successiva alla prima lezione. A poco a poco, ho riconosciuto alcune persone, le ragazze che si erano cambiate con me nello spogliatoio, e altri.

Da lì, dal pavimento, vedevo chi spostava piano un braccio, chi le dita, guardavo i capelli scivolare verso terra.

Ascoltavo i suoni della musica diffusa per la sala dallo stereo, di campane, di profondità del mare.

Giovanni ci stava invitando a rendere mobile il nostro corpo come se fossimo esseri primordiali, privi delle articolazioni delle zampe anteriori e posteriori, diceva così, privi di quell'evoluzione che ha dato agli animali la possibilità di sollevarsi su quattro appoggi, e all'uomo di alzarsi in piedi, trovando la verticalità. Camminava lentamente tra di noi.

«Apertura, estensione e rotazione» diceva, «vi ho mostrato il movimento della sirena, ora che siete tutti sdraiati su un fianco, orientate la testa in direzione del vostro ventre.»

Poi si è avvicinato, ho avvertito la sua presenza, e non avevo bisogno di guardarlo.

«Spingi qui.» Ha appoggiato la mano sulla mia pancia.

Mi sono irrigidita, era come se mi avesse avvolto interamente, come se stesse entrando, con il suo calore, in me.

«Chiudi gli occhi.»

Ero sul fianco, mi tenevo la testa nel modo che aveva indicato, ma non capivo qual era il punto da cui far partire il movimento.

«Respira.»

L'aria è entrata dalle narici, fresca, ed è scesa giù nei polmoni, e ancora più giù, un'energia ha circolato dappertutto.

«Non c'è forza in te» mi ha detto, «prova a spingere contro la mia mano.»

Ha premuto sulla mia pancia e io ho stretto gli addominali e spinto il bacino in avanti, allora il mio corpo ha iniziato a muoversi srotolandosi, si è curvato all'indietro, come un'onda, dall'ombelico fino alla punta delle dita delle mani e dei piedi.

«Ecco, così, alza il braccio verso il tuo cielo», l'ha sfiorato e il mio braccio si è mosso, ho avuto la sensazione di occupare uno spazio intorno vasto, in terra e in aria, ed ero elegante, né goffa né rigida, e dopo poco mi ha aiutata a ritornare alla posizione da cui ero partita.

«Tutti noi siamo stati sirene» ha sussurrato all'orecchio, avevo chiuso gli occhi, e sbattuto le palpebre, il riflesso della luce era entrato in me.

«Qualcuno ne conserva il ricordo.»

Poi ha lasciato la presa e ho sentito freddo, ho percepito che si stava alzando, ho aperto gli occhi e ho osservato intorno a me i movimenti delicati e continui degli altri.

«Pensate al respiro» diceva, «dal vostro respiro nasce la danza. Ogni movimento della vita terrestre è di apertura e chiusura, inspiro ed espiro, un ciclo organico, di spinte e ritorni. È il movimento della cellula. Trasformate le vostre sirene» diceva, «spingetele fino a diventare esseri terrestri, rendete attivi i vostri piedi, adesso, le dita dei piedi, e le vostre ginocchia, la vostra forza arriva dalla terra, fino al bacino. Ricordate che le sirene soffrono, nella mitologia, soffrono pene d'amore, e sapete perché? Perché non hanno piedi da appoggiare sulla terra.»

Nello spogliatoio, alla fine della lezione, c'era silenzio. Il lavoro era stato così intenso che forse nessuno aveva intenzione di parlare. Sono rimasta seduta per un po' e, proprio come il martedì precedente, non mi andava di cambiarmi e indossare gli abiti sporchi con i quali ero arrivata, quelli della pulizia delle scale, che sapevano di disinfettante e di sudore e del tempo trascorso ogni giorno con la stessa sequenza di spostamenti e mansioni da svolgere. Non avevo voglia, e non ne avevo di tornare a casa di Ramona.

Ho infilato i sandali e ho preso la borsa con i vestiti. Mi sono sporta verso la sala di danza, volevo lanciare un'occhiata, vedere se Giovanni era ancora dentro. C'erano poche luci accese, e lui no, forse era nello spogliatoio o era già uscito. Certo, se l'avessi trovato, da solo, a riprendere i cd dallo stereo o semplicemente seduto un momento prima di andarsene, non avrei saputo cosa dirgli, non avrei avuto il coraggio di avvicinarmi. Che cosa potevo raccontargli, in fondo? Mi chiamo Anna, ho visto morire tua nonna e tu non c'eri. Avrei usato quelle parole? Forse. Oppure avrei potuto chiedergli cosa intendeva quando mi ha detto che non c'era forza in me, ma in realtà lo sapevo.

Per pochi momenti avevo sentito la mia forza, ed era stato durante il parto, avevo spinto dal centro del mio corpo, non sapevo come, non me lo aveva insegnato nessuno, ma lo facevo, senza aspettarmelo, senza volerlo. Poi più niente, per il resto del tempo avevo cercato di cancellarne il ricordo.

Ora, le sue dita sulla mia pelle avevano risvegliato il torpore.

«Svegliati Anna!» aveva urlato mio fratello durante la lite, prima che me ne andassi via da casa.

Poi era uscito in cortile.

«È ora che impari anche tu a stare al mondo. Devi smetterla di vivere sulle spalle degli altri.» Anche questo mi aveva detto.

Io, tremando, mi sono rivolta a mia madre.

Si è girata dall'altra parte, verso i fornelli, su cui stava per friggere le acciughe.

«Matteo non doveva dirti proprio niente. Non te ne devi preoccupare.»

«Invece sì» ho fatto io. «Tu lo difendi. Sei sempre dalla sua parte!», ho alzato la voce.

Avevo una grinta in corpo e lei ha dato un colpo contro la stufa con la padella vuota. Non me l'aspettavo. Mi sono spaventata. Si è girata di nuovo verso di me.

«Ma che vuoi? Cosa stai dicendo, eh?», ha alzato la voce. Era tutta rossa in viso.

La fissavo.

Mia madre ha iniziato a versare l'olio nella padella scura. Scendeva denso dalla bottiglia.

«Dalla parte di Matteo? Anna. Ma come ti permetti? Con quello che stiamo facendo per te.»

Mia madre parlava, era furiosa, e lo era con me.

«Grazie tante» ho detto e mi sono mossa per alzarmi e andarmene di là.

«Ti abbiamo fatto studiare» ha continuato lei, io ancora sul ciglio della porta. «Sei stata l'unica.»

«Sono sempre andata bene a scuola.»

«Ah!» si è messa a urlare. «Ma brava! Tutto quello che hai saputo fare, fin da piccola, oltre a lasciare la ginnastica a un passo dalle gare, è stato andare bene a scuola. Ma ti pare che tuo fratello non ne abbia patito?»

«Quindi è una colpa?»

«Forse non ti rendi conto di cos'è stata la nostra vita in questi anni, perché sei troppo impegnata a tenere la testa sui libri, perché dai tutto per scontato. Ma questo è un peso per noi, per tuo padre. E per tuo fratello, che non ha mai chiesto nulla. A lui va bene quello che ha.»

«Non più, mi pare» ho risposto.

Non l'avevo mai sentita parlare così a lungo. Come se si fosse tenuta dentro quelle cose per molto tempo, e solo ora, grazie alla scena che aveva fatto Matteo, avesse l'occasione di tirarmele addosso.

Che addirittura per lasciarmi studiare si era messa contro suo marito, e l'aveva convinto a spendere i soldi per prendermi una laurea, per il mio futuro, e per quello della famiglia. Che scegliere agraria o veterinaria sarebbe stato utile. Che forse, dopo, le cose sarebbero andate meglio per tutti quanti. Mio padre aveva ribattuto che quei soldi servivano ad altro, subito, per la casa, i debiti.

Lei aveva dovuto insistere, per la prima volta nella sua vita, si era scontrata con lui, e aveva vinto.

«Tu mi hai portato a questo, Anna, non tuo fratello. E guarda ora cosa sta combinando. Non venire a raccontarmi che prendo le sue parti. Tu sei stata privilegiata.»

Ero presuntuosa, questo mi diceva ora per la prima volta, e viziata. Io, che le mani non me le sporcavo, che non facevo a botte, che non mi spaccavo la schiena a zappare la terra.

Si è voltata verso di me, mi ha detto di smetterla di fare avanti e indietro, la stavo facendo impazzire.

Mi sono fermata. Volevo chiederle ancora una cosa.

«Darete quei soldi a Matteo, ora?»

Non mi ha risposto.

Ho abbassato lo sguardo sulla carta annerita dalle interiora e dal sangue del pesce.

Ho fissato gli avanzi da buttare nella spazzatura.

Io e Matteo eravamo piccoli, giocavamo a nascondino.

Andavo a ripararmi dietro a qualche muro o nel ripostiglio della legna, era solo un gioco ma io lo prendevo sul serio, cercavo di non respirare per non farmi scovare, immobile, solo il cuore spingeva nel petto.

Aspettavo, ma lui decideva di non venire a cercarmi, di cambiare gioco, e così non arrivava nessuno. Iniziavo ad avere freddo, eppure non mi muovevo, sarei rimasta nascosta per sempre.

Ma adesso era diverso, potevo andarmene da lì.

Nessuno aveva parlato, nello spogliatoio della scuola di danza, alle dieci di sera.

Uscendo, mi sono sporta verso la sala per vedere se Giovanni c'era ancora, nella penombra ho ascoltato il silenzio. Non c'era nessuno. Sono uscita in strada.

17

Fuori, dopo la lezione, l'aria era fresca, ho sentito i brividi, non avevo una maglia a maniche lunghe da indossare.

Ho girato lo sguardo e Giovanni era là, accanto al palo della luce, curvo sulla bicicletta, stava armeggiando con la catena. Ha alzato il cavalletto con un piede, ed è salito in sella. Me ne stavo di fronte all'uscita, lui mi è passato davanti, si è voltato, per un momento i suoi occhi hanno incrociato i miei, poi ha proseguito, pedalando. Forse mi ha visto, ma non ne sono sicura. Mi aveva sfiorato così tante volte quella sera, che portavo ancora con me la sensazione del suo odore, i disegni delle vene sul braccio, quello che avevo visto di lui da laggiù, dal luogo dove mi aveva condotto e accompagnato con il tocco della sua mano.

Sono arrivata a casa e sul tavolo della cucina ho trovato un biglietto di Ramona.

Iulian e mamma dormono. Io sono uscita.
A scuola è andata bene stamattina, Iulian è bravo!
Hanno fatto la lettera A
A come Amore
Buona notte

Ramona

In camera, ho acceso la luce, mi sono appoggiata al muro con lo sguardo rivolto alle buste di plastica e di carta con tutte le mie cose dentro.

Ho iniziato dai vestiti, rovesciandoli sul letto. Ho annusato la stoffa di alcune magliette, poche, pulite e in ordine, le ho piegate, e ho fatto lo stesso con i pantaloncini e con la biancheria, formando una pila, un capo sopra l'altro, e ho guardato cosa rimaneva.

Ho tirato fuori i libri. Uno per uno, li ho contati e impilati per terra, appoggiandoli alla parete. Ho preso le buste e le ho accartocciate tra le mani, stavo facendo rumore, rischiavo di svegliare Iulian, ma volevo buttarle via, e così ho fatto, nel cesto di Ramona.

Ho affiancato i vestiti ai libri, avevo voglia di comprarne di nuovi, prima di rientrare avevo sentito freddo, però potevo prendermi un pomeriggio libero per andare in centro, dove avrei girovagato qua e là, guardando le vetrine e fermandomi ogni tanto.

Avrei scelto un negozio, trovato un vestito giusto, uno della mia taglia, da indossare in camerino, per sentirmelo addosso, ed essere bella davanti a quello specchio, io.

Ma poi sarei tornata qui e non avrei trovato lo spazio dove posarlo, l'abito nuovo, no, non lo potevo certo appoggiare sul pavimento a riempirsi di polvere insieme al resto delle mie poche cose, né appenderlo tra la roba di Ramona, no, non c'era soluzione, non c'era spazio in quella stanza.

Ho provato un senso di vertigine nel tirarmi su in fretta, mi sono girata e ho visto che una busta era ancora in terra, l'ho raccolta e dentro c'era l'abito bordeaux di Maria, stropicciato e arrotolato, ma così elegante, non l'avevo più messo, ora lo aprivo e lo distendevo, la mano è scivolata sulla stoffa liscia, era morbido.

Avevo pensato a Giovanni, ma ancora non sapevo com'era la sua voce, l'espressione, il modo di muoversi. Ora lo conoscevo, la sua figura mi compariva davanti, lo immaginavo a casa di sua nonna attraversare il lungo corridoio, dalla sala alla camera, con il passo lento e misurato, silenzioso.

"Sei il mio tesoro" gli avrebbe detto Maria, "fammi toccare la tua mano."

Lui si sarebbe avvicinato, porgendogliela delicatamente, come aveva fatto con me, e lei l'avrebbe presa tra le sue, rugose, sottili, con le dita lunghe e le unghie limate, come gliele avevo sistemate io ogni sera, per tre anni.

"Sei la mia consolazione, il mio unico nipote. Con te vicino, non ho paura di morire."

Maria lo avrebbe rassicurato così, se lui fosse stato con lei, alla fine della sua vita.

Ho spento la luce, mi sono sdraiata, ma non riuscivo a dormire. Dopo poco, si è aperta la porta. Mi sono girata e ho visto Ramona.

«Sei sveglia?» mi ha sussurrato.

Mi sono sollevata un poco, verso di lei.

«Posso?»

«Vieni.»

Si è seduta vicino, sul letto.

«Ho conosciuto un uomo» ha iniziato a raccontare, era elettrizzata.

«Come si fa a conoscere un uomo?» le ho chiesto scherzando.

«È il papà di un compagno di Iulian. Non dirgli niente.»

Mi guardava in modo insolito, come se stesse per ridere.

«Posso accendere la luce? Già che sei sveglia, così mi cambio con calma. Matteo. Ti piace Matteo come nome?»

«Sì» ho risposto. Ho fatto una pausa. «Mio fratello si chiama così.»

Si è alzata, a quel punto, per cercare l'interruttore. Non mi stava ascoltando, era assorta dalla sua serata appena trascorsa, così com'ero stata io fino a pochi minuti prima.

Poi si è girata verso di me. Aveva i capelli vaporosi e profumava. Gli occhi erano truccati con la matita nera che ora era un po' sfumata lungo tutto il contorno, aveva le guance arrossate.

«E questa roba?» mi ha chiesto stupita.

«Ero stufa di tenerla nei sacchetti.»

«Ma gioia, qui non c'è posto per un altro armadio.»

«Lo so. Non voglio un armadio.»

«Non è che lo dico per mandarti via...» ha fatto lei, mi ha guardato, ha sorriso di nuovo, improvvisamente.

«Mi ha baciato» ha aggiunto, «è stato bellissimo.»

Ho aperto gli occhi ed era buio. Ramona dormiva e respirava con un sibilo, la radiosveglia sulla mensola segnava le cinque del mattino. Avevo appena fatto un sogno e ho avuto paura.

Ero sdraiata in un prato, mi preparavo alla danza della sirena. C'era Giovanni, nel sogno, era lui ma aveva qualcosa di diverso nello sguardo, freddo, come se i suoi fossero stati gli occhi spalancati di un morto. Mi stringeva la pancia con le mani e aveva iniziato a dirmi: "Spingi", prima piano, poi lo aveva urlato, e io avevo risposto con un dolore acuto, uno strappo, avevo gridato, e poi, dall'ombelico era uscito un neonato, che assomigliava a lui.

"Non andartene" lo imploravo, "vieni qua." Ma il bambino si allontanava gattoni nel prato e io non avevo la forza per alzarmi, non riuscivo a tirarmi su, volevo rincorrerlo ma non ce la facevo.

Quando mi sono svegliata ho posato la mano sul ventre, era tiepido, mi sono alzata ma l'aria era fredda, nel buio sono uscita dalla stanza e tremavo, non ci sarei tornata più in quella scuola, no, che ci faccio in un posto come quello, non ha senso che io stia lì. Chi è Giovanni? E quelle persone che danzano intorno a me e sembrano così sicure? Sono giovani che fanno yoga il lunedì, danza sensibile il martedì, teatro terapia il mercoledì, sì, così aveva detto una ragazza prima di cominciare la lezione, aveva raccontato di aver provato tutti i corsi della scuola, quella settimana; e il giovedì vanno al cinema, e quando tornano a casa la sera i genitori hanno preparato loro da mangiare, gli hanno messo a posto la camera, fatto la lavatrice e pagato la retta dell'università.

Non posso esserci andata solo per la vecchia, perché mi ha parlato tanto di lui. La sua ossessione si è infiltrata in me, e ho dovuto cercarlo.

Non ci sarei più tornata. Niente più danza, niente di niente, avrei continuato a fare le scale, su e giù, questo avrei fatto, non lo potevo più vedere Giovanni, dovevo lasciar perdere.

Ho camminato avanti e indietro nel breve tratto tra la cucina e la camera, freneticamente, cercando uno spazio che non potevo trovare. Poi, mi sono chinata, giù verso le piastrelle scure del pavimento, fredde al contatto della pelle, mi sono girata su un fianco, ho appoggiato la mano sotto l'orecchio e lentamente ho orientato la testa verso la pancia, facendo scivolare la mano sul pavimento, fino a guardarmi l'ombelico, il piccolo buco al centro della pancia e la pelle chiara e morbida intorno. Poi ho raccolto le gambe, avvicinando il più possibile le ginocchia alla fronte e, da lì, la spinta è partita dal sacro, dal pube verso l'esterno, per aprire in fuori il mio corpo come si apre un fiore quando sboccia e ho sollevato il braccio in aria, ho sentito la tensione, ho sospirato e inspirato subito dopo, a lungo, per la fatica della spinta.

Mi girava la testa, allora mi sono sdraiata, con il viso verso il soffitto, sopra di me il lampadario di plastica, se ne intravedeva il contorno nel buio, i miei occhi si erano abituati all'oscurità e riuscivo a distinguere bene gli oggetti e i mobili intorno.

Se Ramona mi avesse sentito e mi avesse trovato, alle cinque del mattino, sveglia, sulle piastrelle della sua casa, io, Anna, che me ne sto nel letto di suo figlio da due mesi e non le ho ancora raccontato niente, se mi avesse trovato così, non mi avrebbe capito. Non avrebbe capito nulla, e avrebbe avuto ragione.

Non mi piaceva, quel lampadario, avrei voluto toglierlo da lì, prendere una sedia, salirci sopra e far sparire quell'oggetto dalla mia vista, ma quella non era la mia casa.

Mi sono alzata, sono tornata a dormire.

18

La mattina dopo mi sono svegliata con un dolore agli occhi, e una fatica a tenerli aperti, il collo irrigidito, un senso di freddo. Ramona ha alzato le tapparelle, si è voltata verso di me.

«Ha piovuto stanotte, l'estate è finita.»

Seduta sul letto, ho guardato il cielo, oltre il vetro, un quadrato grigio di nuvole, mi sono stesa di nuovo, ho schiacciato la testa contro il cuscino.

"Ora mi alzo" mi sono detta, e così ho fatto.

Siamo arrivate al primo palazzo con il furgoncino bianco della cooperativa. La nonna indossava una maglia di lana sopra la tuta da ginnastica, portava i secchi con dentro i detersivi. Io mi sono mossa verso il portone, subito, veloce, per riscaldarmi e per far passare il tempo più in fretta possibile, ho preparato lo straccio con il Sidol per lucidare il quadro con i campanelli in ottone e, come ogni mattina, ho letto i cognomi sulle targhette, su ognuna ne comparivano due, a volte tre. Una casa di coppie e famiglie, neanche uno studio medico, o di avvocati. Ho passato lo straccio, con cura, sfregando e lucidando, continuavo a tremare per il freddo, come durante la notte, e al mattino, quando mi sono svegliata e la temperatura era scesa ancora. Ho guardato l'orologio che avevo al polso, un vecchio orologio a carica, con il quadrante scheggiato, che tenevo addosso sempre e che spesso si fermava, e restava così per diversi giorni perché dimenticavo di girare la rondella, l'avevo trovato in casa dei miei, tanto tempo prima, e me n'ero impossessata, nessuno lo aveva reclamato.

Segnava le nove del mattino, e la pausa pranzo ci avrebbe impiegato molto tempo ad arrivare. La porta del palazzo si è aperta con uno scatto, in quel momento è uscita in strada una signora elegante, con i ricci scuri, aveva una giacca.

«Buongiorno» ha detto, ed era già oltre, mi sono girata, l'ho seguita con lo sguardo, ha voltato la testa verso sinistra per vedere le auto e attraversare, ha accelerato ed è arrivata dall'altra parte. In quel momento mi è venuta voglia di aprire la mano, di far scivolare lo straccio in terra e andarmene da lì, dalla prospettiva di trascorrere ore con la schiena piegata, senza parlare con nessuno perché la nonna non parla; forse, se avessi seguito la signora elegante, l'avrei vista camminare per qualche via e poi girare a un incrocio, attraversare di nuovo, in direzione di un bar, per sedersi a un tavolino, ordinare un caffè, leggere il giornale. O forse no, non era possibile, anche lei di sicuro doveva entrare in un ufficio di corsa, era già in ritardo, per chiudersi lì dentro fino a sera, fino al momento di alzarsi dalla scrivania e sgranchirsi le gambe, con un dolore alla schiena e il mal di testa, e il desiderio finalmente di uscire all'aria aperta.

«Che succede?»

«Cosa?» Mi sono girata. La nonna era lì di fianco. Mi guardava, mi aveva rivolto la parola. Mi aveva parlato, non ci potevo credere.

«Non vuoi lavorare?»

Aveva una voce bassa e rauca, come mi aspettavo, e ora che parlava la vedevo diversa.

«Io mi sono chiesta tutto il tempo che ci fai da noi. E poi che ci fai a lavorare qui. Io credo che dovresti tornare dalla tua famiglia, se ne hai una, se hai una madre o un padre. Ti rovinerai le mani, a lavare scale.»

«Allora lo parli l'italiano» le ho detto.

«Sono in Italia da molto tempo, certo che lo parlo. Non dirlo a Ramona, non mi va che sappia che possiamo restare qua per sempre. Io credo che per lei è meglio tornare da noi, a casa nostra. Ha lasciato lì il padre di Iulian, prima o poi deve pensare di tornare.»

«Ho freddo» le ho detto. «Ho bisogno di prendermi dei vestiti pesanti e delle scarpe chiuse.»

«Vai. Posso fare da sola oggi, e non lo dirò a nessuno. Vai a prenderti quello che ti serve.»

Ho fissato i suoi occhi verdi e sottili, piegati e stretti come se sorridessero, mi sono spinta in avanti e l'ho abbracciata. Era tiepida e grossa, ho sentito la maglia ruvida e l'odore dei suoi capelli, lo stesso odore di quelli di Ramona e forse anche dei miei da quando abitavo con loro.

Mi sono girata verso la strada e, proprio come avevo visto fare alla signora di prima, mi sono voltata a sinistra, un'auto è sfrecciata davanti veloce, poi un'altra e infine la via era libera e ho attraversato.

Non sapevo bene in quale zona della città mi trovavo, ne riconoscevo ancora poche: il centro, il quartiere di Ramona e la zona della scuola. Ho camminato un po' fino alla fermata dell'autobus, e a quel punto sapevo dove avevo voglia di andare.

Ho chiesto all'autista di indicarmi per favore a quale fermata dovevo scendere. Lui mi ha fatto un cenno con la mano ma io avevo già riconosciuto il luogo in cui mi trovavo. Quando ero andata lì la volta precedente faceva caldo e sudavo, me lo ricordavo bene, ora che avevo di fronte a me l'ingresso dell'ospedale pediatrico. Ero scesa e avevo camminato dritta verso la gradinata.

Ho preso l'ascensore e ho superato le porte del corridoio senza incontrare nessuno, già sapevo di essere fuori dall'orario di visita, ma non m'importava. Volevo entrare, c'era silenzio. Le porte delle camere erano semichiuse, s'intravedevano letti occupati da corpi di donne incinte, sdraiate, partorienti, puerpere. Sono andata verso il vetro, volevo vedere i neonati.

Ed è successo.

Le veneziane che a volte oscurano il vetro erano tirate su, e di cullette in esposizione proprio davanti ai miei occhi non ce n'erano, ma più indietro sì, le vedevo, tre, i neonati erano lì dentro, a pochi passi da me, attraverso quella finestra. Ha iniziato a battermi il cuore forte, mi sono guardata intorno, c'era una pace. Ho sentito il brivido di quando si sta per fare qualcosa che non si può fare.

Lo conoscevo quel brivido, diventa familiare quando ci si abitua a comportarsi d'istinto, quando non vale la pena di preoccuparsi per le conseguenze, perché si sa sempre che qualcosa capiterà. Lo conoscevo a casa dei miei genitori, da piccola, quando loro andavano nelle fasce, dagli ulivi, per passare lì tutto il pomeriggio. Mio fratello si doveva occupare di me, anche se non voleva, ripeteva che non era giusto, la regola era che non potevamo uscire da casa.

Controllava dalla finestra finché non li vedeva scomparire su per la stradina che conduce alla terra, poi apriva la porta.

Lo seguivo camminandogli dietro, a pochi passi di distanza, riluttante.

«Se non volevi, potevi startene a casa» mi diceva. «Se fai la fifona, te lo do sulle gambe!» mi minacciava con un rametto di legno che aveva trovato tra le sterpaglie del giardino.

«Smettila» rispondevo. «Sono qui.»

Sapevo che stavamo facendo qualcosa di sbagliato, che non dovevamo, provavo quel brivido ogni volta che attraversavamo il cancello di casa, e scendevamo giù dalla strada, fino alla piazza, e poi oltre.

Arrivavamo alla casa di Michele, e aspettavamo.

Tutti i bimbi della zona dicevano che era pazzo, quando ci incontravamo al negozio, l'unico alimentari che si potesse raggiungere a piedi, stavamo lì fuori dalla porta che era sempre aperta, i fili verdi della tenda di plastica ondeggiavano quando entrava qualcuno, scartavamo i nostri pacchetti di patatine per confrontare la sorpresa che c'era dentro.

«È matto» dicevano, «sembra che ha la nostra età, invece ha quindici anni, e anche quando ne avrà venti sembrerà sempre che ne ha sette.»

Aspettavamo dietro la siepe. Matteo voleva vederlo uscire da casa, mi diceva che non dovevo fiatare, altrimenti sarebbero stati guai per tutti.

«Stai pronta che quando esce lo spaventiamo e poi devi correre. Devi correre forte, hai capito?»

Tacevo, fissavo attentissima il portone di legno. Lo fissavo e, dentro di me, pregavo che Michele non uscisse mai.

Mi sono guardata intorno, è stato un attimo, a quel punto il brivido era sparito, sparito il mio respiro, spariti i battiti del mio cuore, ho girato la maniglia.

Mi sono avvicinata alle culle e quei bambini addormentati erano davvero piccoli, minuscoli. Ho letto i nomi sui cartelli, due di loro erano maschi, scritti in azzurro, Francesco, due chili e nove, Samuele, tre chili e quattro, l'ultima, più in fondo era girata su un fianco, dormiva rannicchiata, si vedeva il respiro attraverso il lenzuolo, si chiamava Sara, il nome era scritto con un pennarello rosso su un braccialettino stretto al polso.

Mi sono avvicinata ancora di più alla culla, non so per quanto tempo, forse sono passati pochi secondi, o forse un minuto, o cinque minuti, non sentivo il mio respiro, non sentivo il battito del mio cuore, non sentivo nulla, ho allungato le braccia e ho preso quella bambina sconosciuta. L'ho sollevata dalla coperta, e l'ho annusata. La reggevo tra le mani, e ho avuto paura, le si vedevano le vene attraverso la pelle sottile.

Non lo so se è stato per un istante, se è accaduto tutto in pochi secondi, ma quando l'ho posata nella sua culla, di nuovo, nella posizione in cui era prima, lasciandola nel tepore del suo sonno, ho saputo che non lo avrei mai dimenticato, che così sono fatti i neonati. Mi sono voltata indietro, ho camminato in fretta, vicino al muro del corridoio, sempre più in fretta per andare via da lì, per ritrovare l'ingresso del reparto, cercare le scale, scendere i gradini correndo verso l'uscita.

Ho camminato a lungo, fino al centro della città, sotto la pioggia fine. Sono entrata in un negozio, ho rallentato il passo tra i guardaroba con i vestiti appesi in esposizione, toccando qua e là le stoffe, il cotone delle magliette, la lana che annunciava l'arrivo dell'autunno.

Davanti a una parete c'era un grande poster pubblicitario, una ragazza mandava un bacio con un soffio, i capelli castani e lisci erano mossi dal vento, lunghi. Portava uno di quei maglioni di lana, color carta da zucchero.

Alla cassa ho tirato fuori dalla tasca dei pantaloni il piccolo portafoglio con i miei documenti e il bancomat, ho passato i jeans e la maglia, quando la ragazza mi ha comunicato il totale da pagare ho chiuso gli occhi un momento, e ho pensato che non m'importava quanto stavo spendendo. Non m'importava di quello che avevo speso da quando Maria era morta. Da tre anni, con lo stipendio di Graziella, per la prima volta avevo un conto in banca, quei soldi erano miei, avevo risparmiato, e ora li consumavo.

Potevo farlo, potevo lasciare questo lavoro, la casa di Ramona, restituire finalmente a Iulian il suo letto, trovarmi un posto dove stare.

19

Si può cambiare la propria idea del tempo, ed era per questo, forse, che ho incontrato la signora Maria. Nella sua casa silenziosa e semibuia ho imparato la calma dei vecchi. Quel tempo è diventato mio, mentre lei si girava in continuazione verso il passato, io sono stata nel presente.

Chiusa la porta della casa dei miei genitori, ho vissuto giornate scandite dagli orari delle medicine e del tè, dalle faccende, dall'attesa del sonno. Ho disimparato la fretta, l'urgenza che travolgeva le necessità di mio padre di fare, di inseguire i doveri, di accumulare di tutto in casa, gli attrezzi in giardino, era una fretta contro natura, la sua. È stato lì, da Maria, che ho saputo con certezza che lui lottava contro la vegetazione in cui la casa era immersa, lottava contro le piante infestanti, contro la pioggia nell'ora della raccolta delle olive, contro le malattie dei pomodori, contro i calabroni minacciosi sull'alveare, contro la rabbia dei cani, contro le frane della terra, lottava.

Mia madre lottava. L'aveva fatto in silenzio, per molti anni, dalle sei del mattino quando si alzava al canto del gallo, prima della luce del giorno, prima della sveglia dei figli, per scendere in cucina, aprire le persiane, accendere la stufa, mettere la caffettiera sul fuoco, spazzare per terra, lavare i piatti della cena e mettere gli avanzi nella ciotola del cane, aprire il cancello di ferro per lasciarlo uscire in giardino per qualche ora, facendo attenzione che non scappi, che di storie di cani investiti, il paese ne è pieno, di cani avvelenati con la polpetta perché la gente ha paura dei morsi, e abbaiano tutto il tempo e spaventano i bimbi.

Mia madre lottava perché si era rotta la lampadina della cucina e nessuno l'avrebbe sistemata, e mio padre doveva pensare alle api, a smielare, o a fare la legna, o a raccogliere i funghi, o qualunque altra cosa purché fuori, lottava quando era quasi ora di cena e lei aveva preparato gli gnocchi perché io e mio fratello l'avevamo implorata, volevamo passare le patate nello schiacciapatate e poi impastare insieme alla farina quella poltiglia morbida e salata, per arrotolarla in salamini da tagliare e passare con la forchetta, e quando alla fine gli gnocchi erano pronti, entrava mio padre. «Guardate qui cos'ho trovato» diceva, e gettava sulla tavola due conigli appena ammazzati. «Li ho scambiati con una tanica d'olio!» Ne era orgoglioso. «E me li hanno pure spellati, così non c'è da fare nulla. Bambini, stasera si mangia coniglio in umido, con olive e pinoli. Su, al lavoro.»

«Non ce n'è di pinoli.»

«Mandiamo Anna dalla vicina. Loro ce li hanno sempre.»

Mia madre lottava, dentro di sé, davanti agli occhi aveva i musi dei conigli, le mani ancora appiccicose di farina, e si apprestava a studiare quei corpicini da fare a pezzi, li osservava sempre a lungo, prima di trovare le giunture di cartilagine, prima di tagliare i nervetti con il coltello affilato, prima di ricorrere al martello da battere sulla lama più grande, e infine, ci riusciva, il pezzo di carne veniva via.

Anche Matteo lottava. Da ragazzo, con gli amici, imbrattava i muri lungo la strada per arrivare al paese, scrivendo con la vernice frasi sconce rivolte a chi gli aveva fatto uno sgarro, a chi aveva addosso la loro attenzione.

Lottava mentre spingeva a piedi su per la salita il motorino che era rimasto a secco, perché lo stipendio di fine mese non gli era arrivato e hai voglia di saltare sulla pompa di benzina per farle sputare due gocce nel serbatoio.

Lottava, e faceva a botte. Aveva pestato quel tipo, su al frantoio. Forse l'altro l'aveva provocato, era uno arrogante, uno con il motore truccato, e Matteo lo aveva steso, lo aveva riempito di pugni e calci, nello spiazzo lì davanti all'ingresso del lavoro.

«Se ti pestano i piedi» gli diceva mio padre quando lui era piccolo, «tu li devi pestare più forte.»

Matteo stava zitto, abbassava gli occhi, registrava quelle frasi per ricordarle per sempre.

«Se i tuoi amici vanno veloce, tu devi pedalare ancora di più. Hai capito?»

Lo portava dalla discesa, aveva nove anni e non arrivava con le scarpe all'asfalto, su quella bici da corsa che uno dei ragazzi del posto gli aveva passato.

«Piedi sui pedali, mani sui freni» diceva mio padre, «e vai! Non ti serve toccare per terra.»

Se Matteo aveva paura, però, non lo faceva vedere.

A casa della vecchia, nella calma del tempo scandito dagli orari dei programmi radiofonici e dalle letture dei libri, avevo visto che anche lei lottava, e lo faceva cercando di ricordare tutto della sua vita di prima, lo faceva raccontandomela, mettendo in ordine nella sua mente quello che era successo, senza capire come mai, a un certo punto, qualcosa era andato storto.

Maria aveva lottato per tenere sotto controllo l'educazione di Giovanni, gli orari precisi che dovevano dividere la giornata: i pasti, lo studio, gli allenamenti, il riposo. Lui non doveva sfuggirle, com'era capitato con Graziella.

Accidenti, diceva la vecchia, com'era possibile che sua figlia fosse così trasandata? Quante volte era accaduto che a Graziella le staccassero il gas, o la luce, e solo per noncuranza... le bollette andavano pagate subito, perché chi non ha debiti è ricco, ripeteva la vecchia. Invece. Non le mancavano i soldi, non era questo, Maria l'aveva educata a diventare una donna autonoma e organizzata, eppure sua figlia si era ridotta così.

Vestiva in modo sciatto, usciva con gli stessi abiti che usava in casa, non si truccava mai, ma lei, sua madre, glielo aveva insegnato, che anche per andare al mercato ci si deve preparare, e un po' di tacco fa sempre bene.

Indipendente e matura. E invece sua figlia aveva perso la testa per un uomo che non aveva voluto legami, né matrimonio, né responsabilità. Aveva saputo parlare solo di amore.

La vecchia non si dava pace. Perché a Graziella non era andata come a lei?

Maria aveva lottato per ottenere tutto quello che aveva intorno, aveva scelto con attenzione la sua casa, quando ancora era un progetto di carta disegnato da architetti che avevano occhio per il futuro. Avevano progettato quartieri interi, nuovi, con palazzi alti, dove le famiglie avrebbero trovato ogni comodità, i negozi vicini, le scuole per i figli, i parcheggi per le auto, il casello dell'autostrada e la stazione dei treni. Persino lo stabilimento balneare era a due passi e, per chi invece lo preferiva, si poteva trovare la spiaggia libera, con il mare aperto e gli scogli. Aveva studiato con attenzione l'arredamento del proprio appartamento, selezionato gli elettrodomestici di ultima generazione, e non poteva credere che, trent'anni dopo, Graziella si rifiutasse di tenere in casa la lavastoviglie.

Così Maria aveva lottato perché Giovanni crescesse con maggiore disciplina e lui aveva ricambiato tutto il suo affetto, perché era un bimbo giudizioso, ubbidiente e dotato.

«La smetta di pensarci, signora» le dicevo per risponderle qualcosa quando me ne parlava. «Non serve a niente. Vuole che le legga un libro?» le chiedevo.

«Sì, brava, Anna. Prendi quello dell'altra volta e ricomincia da capo, lo voglio sentire ancora» faceva lei.

A lezione, ora, io potevo smettere la guerra delle persone che avevo incontrato finora, di quelle che avevo lasciato. Potevo fare pace con i tempi della natura sul mio corpo, sulle mie possibilità, sul mio movimento. Potevo entrare in palestra, inspirare ed espirare, ascoltare quel ritmo e allora, muovermi lentamente e danzare.

Così sono tornata, ogni martedì, a settembre e poi ancora, una settimana dopo l'altra, alla scuola, da Giovanni.

Lo ascoltavo mentre portavo la schiena verso terra, vertebra dopo vertebra, rilasciando le tensioni del collo, delle spalle, del busto, del bacino.

«Potete imparare a dosare le vostre forze» diceva. «Imparate a non tirare, a non strapparvi. Potete entrare nel movimento e scoprire che le parti del vostro corpo che spesso vi fanno male, non lo faranno. Si può danzare senza distruggersi i piedi, senza slogarsi le caviglie, e questo i ballerini non lo sanno. Andate a vederli a teatro? Fanno dei movimenti bellissimi, ma poi guardi le gambe e sono in tensione, stanno per strapparsi.»

Lo ascoltavo mentre ci faceva camminare per la sala rallentando fino a sentire il peso del tallone che si alza dal pavimento, e si sposta sulla punta delle dita, fino a sentire la caviglia tremare leggermente nel passaggio da un piede all'altro.

«Trovate il momento esatto di scendere con il piede a incontrare la terra, ve lo indica la forza di gravità» diceva. «Le persone spesso fanno dei passi troppo lunghi per loro, oppure li fanno troppo corti, perché hanno paura, ma ognuno di noi può scoprire la sua misura, quella giusta per lui. State nel presente. Scendete verso la vostra terra, non verso quella futura, lontana.»

Ogni tanto lo guardavo, ondeggiava leggermente, mentre ci invitava a sentire l'aria intorno a noi.

«Quando camminiamo, il nostro corpo è in aria. Solo i piedi sono appoggiati al pavimento, tutto il resto sta in cielo. V'invito a sentire intorno a voi le quattro direzioni cardinali, il nord, il sud, l'est e l'ovest, e poi la spinta verso il basso, il centro della terra, e quella verso l'alto, verso il cielo. Sei direzioni. Noi oscilliamo all'incrocio di queste forze, in un equilibrio che cambia continuamente, e da dove ci troviamo, camminiamo, nel presente. Aprite le braccia con dolcezza, lasciate un po' di spazio sotto le ascelle, troverete il respiro giusto e sentirete queste forze contrastanti trovare armonia in voi.»

L'ho fatto, ho alzato le braccia, sempre di più, fino all'altezza delle spalle e le ho rilassate, ma avevo un dolore forte e una tensione ai muscoli, e desideravo solo riabbassarle, non ce la facevo. In quel momento lui è passato davanti a me, ho socchiuso gli occhi, ho ascoltato il suo respiro, ho sollevato un po' il collo, e inspirato. Mi ha sfiorato con le dita la pelle poco sotto la gola, sullo sterno, e allora ho riaperto gli occhi, verso il cielo, verso il soffitto della stanza.

«Porta il tuo cuore in alto» mi ha sussurrato all'orecchio.

Ho inspirato intensamente.

«Le tue braccia sono la linea di continuità con l'area del tuo cuore.»

Ho espirato, ho avuto la percezione che il corpo avesse bisogno di più spazio, che si fosse espanso.

20

L'ultima lezione di ottobre, ho provato a danzare, muovendomi nello spazio, liberamente, come stavano facendo gli altri.

Abbiamo formato file di tre persone alla volta, distese per terra, supine, con le ginocchia alzate, le braccia in fuori.

Mi sono preparata a fare la mia traversata della sala, guardavo la grande parete bianca di fronte a me, era luminosa.

Giovanni ci aveva invitato a scegliere un punto di arrivo, poi, a lasciarci andare al movimento attraversando lo spazio con lentezza, rotolando sul fianco, mantenendo paralleli la testa, il cuore e il bacino.

«Le tre sfere del corpo» diceva «devono allinearsi, essere in equilibrio fra loro.»

«Prego» aveva detto indicando il punto di partenza, «voglio vedere quattro viaggiatori coraggiosi.»

La musica era partita.

Guardavo il mio obiettivo, potevo perdermi nel bianco, nello spazio vuoto, ma per arrivare lì dovevo iniziare a danzare.

Si rotola grazie alle spinte, spingono le dita dei piedi, contro la terra, spinge una spalla o una mano, la nuca sul pavimento. È necessario sentire con precisione la tecnica per cui il corpo si muove con armonia, e non fa sforzo e viaggia coraggiosamente scoprendo un modo nuovo, la possibilità di scendere verso la terra e poi risalire al cielo, allungando braccia o gambe come antenne mandate verso lo spazio sconosciuto, e si resta in contatto con il proprio respiro, con la propria base, che deve essere solida.

Ho spinto con il bacino e le mie gambe sono salite nello spazio, ripiegandosi all'indietro, mi sono capovolta come non pensavo di saper fare, e poi sono scesa di nuovo giù verso terra e a quel punto il piede di qualcuno si è appoggiato sulla mia schiena.

Mi spingeva, indicandomi la direzione, e io ho rotolato in avanti, poi ho sentito una mano sulla spalla, e l'ho accolta e ho continuato a muovermi, nel ciclo continuo del viaggio.

Giovanni aveva suggerito ad alcuni danzatori di aiutare gli altri posando la propria mano, o il piede, spingendo e danzando dietro di loro. Ogni tanto aprivo gli occhi, ogni tanto li richiudevo, ascoltavo la musica diffusa per la sala dallo stereo, il mio respiro viaggiava con me, finché ho incontrato il muro freddo al primo contatto della pelle accaldata, ma lo avevo raggiunto, e vedevo il bianco, ora, da vicino, la sua porosità, la luce dei fari che scendeva sulla parete, e mi piaceva.

E poi, come gli altri, ho ricominciato. A ogni traversata, cresceva l'energia.

Doveva essere questa la forza che provava mio padre quando nuotava e vinceva le gare, da giovane, prima che decidesse di lasciare, prima che si sentisse troppo vecchio, o troppo lento per andare avanti.

Mia madre ce l'aveva raccontato che ormai eravamo grandi. Un giorno il suo giovane compagno era rientrato a casa, dopo una sconfitta in una gara, si era seduto sulla sedia, e le aveva detto: «Io mollo. Non ne voglio più sapere. Non ne voglio parlare più».

Il nuoto è questione di tecnica, mi aveva insegnato lui una volta, da ragazzina, trasmettevano le Olimpiadi alla televisione. Mi aveva detto questo, prima di cambiare canale, come faceva sempre, un canale dopo l'altro, un programma dopo l'altro, ma si era fermato, per qualche minuto aveva fissato lo schermo, si era girato verso di me.

«Tutta tecnica» aveva ripetuto prima di spegnere.

Ora potevo riconoscere il significato di quelle parole, la tecnica precisa del movimento permetteva di spingere dentro l'acqua e volare verso il punto d'arrivo.

Mia madre era stata al suo fianco, aveva sperato in lui, prima che lui mollasse, era stata seduta sempre sugli spalti, a osservare gli schizzi di quei corpi pesce che a volte gridavano quando la testa emergeva a catturare il fiato, gridavano per l'euforia della spinta, per la forza che cresceva in loro, e l'urlo rimbombava nell'aria della piscina con i soffitti alti, le travi di legno e le luci al neon accese, e gli arbitri a fondo vasca con il fischio al collo pronti a calcolare il centesimo decisivo che avrebbe stabilito il vincitore della gara. Poi scrosciavano gli applausi, battere le mani sanciva il godimento del pubblico, il riconoscimento dello sforzo degli atleti, della tensione accumulata dai mesi di allenamento, di disciplina, di costanza, di promesse. Uscivano dall'acqua con uno slancio, i nuotatori, alti, tonici, forse vibravano, la mente sgombra, per un istante, prima di ripensare all'esito della competizione.

Ero euforica, a fine lezione, dopo la danza, e ho accettato l'invito di alcuni a bere un bicchiere e mangiare qualcosa insieme.

Sono uscita dall'ingresso e ho aspettato gli altri, un ragazzo e una ragazza erano già fuori, fumavano.

«Adesso arriva anche Giovanni» mi hanno detto. «C'è un pub qui vicino.»

Ho fatto un cenno di assenso con il capo, non mi veniva da rispondere nulla, mentre chiudevo i bottoni della maglia di lana e incrociavo le braccia, l'aria era fredda, non ero abituata a questo clima rigido. Era buio, e io potevo stare fuori tutta la notte, a bere, incontrare persone e conoscere i locali notturni se capitava l'occasione, perché durante il giorno mi riposavo, in quelle settimane, avevo lasciato il lavoro.

A metà ottobre ero passata dall'ufficio della responsabile della cooperativa.

«Non ti sei trovata bene?» mi aveva chiesto lei. «La paga è buona e tutti sono trattati con rispetto» aveva aggiunto.

«Ti ringrazio di avermi offerto questa possibilità» avevo risposto, sicura.

«Fai come credi, ma se poi non trovi nulla, qui non è detto che ci sia ancora posto. Pensaci bene.»

«Lo farò.»

Avevo lasciato il lavoro e trovato in affitto un piccolo monolocale.

Avevo guardato gli annunci nella bacheca accanto alla

segreteria della scuola. Quello era un posto frequentato da studenti oltre che da danzatori e ogni settimana c'erano offerte di ogni genere, biglietti di spettacoli teatrali, seminari all'estero, alloggi in affitto a poco prezzo.

Così l'avevo trovato, un monolocale arredato con mobili di fortuna, recuperati da vecchie case di zie o nonne, o da cantine da svuotare, ma c'era tutto, non era distante dal centro di danza, l'affitto era buono e non chiedevano referenze, avevo accettato.

Il sabato seguente mi ero svegliata presto, Iulian era già in piedi.

Mi sono avvicinata.

«Iulian, ho trovato una casa.»

«Perché?» mi ha risposto.

«Così puoi tornare a dormire nel tuo letto, con la tua mamma.»

«Ah» ha commentato lui. «Va bene. Allora non ti rivedrò mai più.»

«No» ho detto io, «figurati. Ci rivedremo. Ti porto all'appartamento, fra qualche giorno, così impari la strada e poi mi vieni a trovare, venite tutti.»

Anche Ramona è entrata in cucina.

«Anna ti regala il suo gioco» ha detto. «È vero?», e mi ha guardato.

«Certo.»

Iulian si è alzato e si è diretto in camera. Ha preso i cubi di legno colorati e li ha portati in cucina, quelli che avevo comprato appena arrivata a Torino, mi piacevano le forme e i colori, erano adatti a un bambino piccolo, ma c'erano possibilità infinite di comporli e ricomporli uno sull'altro.

Iulian li ha rovesciati sul tavolo, un paio sono caduti per terra.

«Facciamo una torre.»

«Va bene. Passami quel pezzo. Poi vieni con me al mercato a vedere se troviamo il pesce fresco» ho risposto.

Qualche giorno dopo, ho rimesso i libri e i vestiti, quelli che avevo, nei sacchetti di plastica della spesa.

Iulian voleva accompagnarmi a tutti i costi e Ramona era libera, così siamo usciti insieme, ma prima ho abbracciato la nonna, che sapeva della minestra di cavolo e delle acciughe sotto sale che stavano rosolando nell'olio, e siamo andati a prendere l'autobus che mi avrebbe portato a casa mia, potevo dire così, ora.

«Leggimi una frase» mi ha chiesto Iulian, comodo sulle mie ginocchia in pullman, mentre qualcuno suonava forte il clacson, c'era traffico. Viaggiavamo a rilento. Ho tirato fuori un libro dalla busta.

«Apri a caso e scegli una riga» ho detto, e lui ha aperto il libro a metà. Ho cercato l'inizio del capoverso, lì dove mi aveva indicato con la mano sporca di pennarello, e ho letto a voce alta: «"Quel che ho fatto potete farlo anche voi. Perché non lo fate? In quanto al bisogno di divertimenti, madame, è una storia e sono tutte sciocchezze. Io non chiedo divertimenti"».

«Chi è che lo dice?» mi ha chiesto Iulian.

«Non lo so. Non l'ho mai letto. Ora fammelo rimettere a posto.»

«Aspetta, rileggi la frase.»

E così ho fatto.

«Non ha senso questo gioco.»

«Perché no?»

«Se non sai chi sta dicendo queste cose» s'è messo a spiegare, «come fai a capirle?»

«Forse hai ragione, ma io prendo quello che mi serve. Dipende tutto da cosa vuoi vederci dentro.»

«Io non ci vedo niente» mi ha risposto.

Abbiamo cenato al pub, dopo la lezione di danza, eravamo in sette; Giovanni era stato l'ultimo a uscire dal portone della scuola, aveva sfilato la catena della sua bici da corsa, con le ruote grandi e sottili, e l'aveva portata con sé a mano, camminando vicino al gruppo. Non parlava con nessuno, io neanche, ma sentivo la sua presenza e mi veniva da cercarlo, senza farmi notare, senza guardarlo direttamente, rientrava sempre nel mio campo visivo. Speravo che ci fosse l'occasione per parlare; forse lui lo sapeva. Ogni tanto avevo il suo sguardo su di me, durante la cena, poi quando lo facevo io, lui posava gli occhi su qualcun altro, stava in ascolto dei discorsi dei ragazzi, non diceva nulla, non sorrideva.

A mezzanotte siamo usciti dal locale, mi sono incamminata per la via, dopo poco ho sentito qualcuno che si accostava a me, ed era lui, in bicicletta.

Mi sono voltata, eravamo finalmente soli, avevo pensato tanto a quello che sapevo, che ora non mi sembrava reale, nel suo presente, nella semplicità di quei passi sul marciapiede, sotto la luce dei lampioni, tra i palazzi.

«Abiti lontano?» mi ha chiesto.

«Dieci minuti.»

«Non hai paura?»

«No. Tu abiti lontano?»
«In questa direzione.»
«Anch'io.»

Entrambi guardavamo dritti, la strada davanti, e si sentiva il ronzio della catena della bici e dei pedali che giravano a vuoto.

«Ho conosciuto tua nonna.»

Non ero stata io a pronunciare quelle parole nel silenzio, non ero stata io a dirle, non era la mia voce, non ero io a parlare, da dove veniva quel suono? Chi era stato a rompere la quiete tra noi?

Si è fermato.

«Scusa?» mi ha detto.

«Ti conosco.» Ormai non potevo tornare indietro, le parole erano azione, avevo girato la testa, mi sembrava che Giovanni avesse un'espressione stupita, e continuava a essere serio, ma incredulo.

«Per una specie di coincidenza, ho conosciuto tua nonna, e ora te. È morta a luglio.»

Mi ero fermata anch'io, a quel punto.

«Ma chi sei?» mi ha chiesto, e ha ripreso a camminare in fretta, io l'ho seguito, subito dietro, agitandomi all'improvviso. Che cosa avevo fatto? Potevo restare zitta, invece ho parlato.

«Sì, è morta. Era vecchia. Tutti quanti moriamo. Anch'io morirò un giorno, e tu pure» mi ha detto, all'improvviso.

«Scusami» ho sussurrato.

Siamo andati avanti, uno a fianco all'altro, per un pezzo di strada, in silenzio.

Arrivati all'incrocio, il semaforo lampeggiava in giallo, doveva essere rotto, o forse già spento, avrei dovuto girare, ma se gli andava potevamo continuare a parlare, casa mia non era distante. Volevo che accettasse di salire da me, per un momento.

«Va bene» ha risposto dopo un po', non c'erano auto davanti a noi, la luce del semaforo andava e veniva.

Il piccolo appartamento ora era sistemato, avevo trascorso diverse giornate a pulirlo, avevo disinfettato i pavimenti, gli armadi, i pensili dell'angolo cottura.

Ogni tanto mi fermavo al bancomat, controllavo l'estratto conto, che scendeva, cercavo di calcolare per quanto tempo potevo stare in quella condizione, prima di trovarmi senza soldi, prima di dover cercare un altro lavoro qualsiasi. Dovevo utilizzarlo bene questo tempo, non ne avevo molto, ne sentivo l'urgenza, mentre guardavo fuori dalla finestra, la vista sul quartiere che si apriva ai miei occhi, mi sedevo sulla sedia di legno scuro: c'era del cemento, una fabbrica dismessa che in primavera forse si copriva di edera e che ora era attraversata da rami secchi rampicanti, alcuni bidoni dell'immondizia, oltre la strada, un semaforo, le auto posteggiate. Era la città. Non c'era natura, ma andava bene così, adesso, non c'erano colline fitte di alberi di castagne, non c'era la possibilità di arrivare al mare, scendendo a piedi giù in strada, come dai miei, dove per raggiungere la spiaggia si doveva camminare a lungo, oppure aspettare la corriera che passava ogni due o tre ore, ma comunque bisognava andare a piedi fino alla fermata più vicina, tra i muri di pietra a secco, gli appezzamenti di ulivi, le pareti di terra su cui si costruivano case.

Anche da Maria c'era il mare, lo cercavo durante il giorno di riposo, in inverno, e non incontravo nessuno, solo l'acqua che sbatteva sugli scogli, spesso violenta, a volte sporca di catrame e di rifiuti, alzavo lo sguardo oltre la riva, le navi lontane sullo sfondo, la divisione tra l'acqua e il cielo, i gridi dei gabbiani.

Guardavo il cemento ora, seduta sulla sedia, poi mi giravo verso il resto dello spazio. Non era una casa, no, certo, era più che altro una stanza, con un angolo per cucinare e un letto singolo nascosto dietro alla libreria. Vi avevo sistemato sopra i libri di Maria, era una delle prime cose che avevo fatto, dopo aver pulito. Non erano tanti, e c'erano molti altri scaffali liberi, ma tutto era in ordine, e mi sembrava un buon inizio.

21

Ho posato a terra la borsa con il cambio della palestra, accanto alla porta, Giovanni ha fatto qualche passo in avanti, verso il tavolo al centro della stanza. Aveva un maglione di pile addosso e non l'ha tolto, come gli avevo visto fare nel locale, quando si era seduto sul divano di pelle ed era rimasto in maglietta per tutta la sera; indossava ancora i pantaloni della tuta e aveva degli scarponi ai piedi. Non si è levato neanche la sacca, che teneva a tracolla, è rimasto così, mi dava l'impressione di volersene andare da un momento all'altro.

«Quindi?» mi ha chiesto.

Mi guardava come se gli avessi rubato qualcosa, dov'era finita la dolcezza che avevo conosciuto nei suoi gesti e nei suoi consigli tra le pareti della scuola? Non era il maestro, davanti a me, ma ora, solo ora, riconoscevo in lui Maria. Anche lei era scostante e antipatica a volte, e con il tempo avevo imparato a fare finta di niente, a non lasciarmi ferire dai toni e dalle frasi scelte apposta con cattiveria per allontanare le persone.

«Siediti, se ti va. Metto su il tè.»

Lui invece ha cominciato a muoversi per la stanza, mentre

io avevo tirato fuori il pentolino, e l'acqua scorreva dal rubinetto. Ho preso la confezione di cartone con le bustine, mi sono girata un momento e lui era davanti alla libreria, aveva un libro di Maria, lo teneva tra le mani.

È venuto verso di me, era agitato, mi sembrava che le sue labbra tremassero.

Ho posato la confezione sul tavolo e ho preso una bustina, ci giocavo con le dita, stavo per alzare l'aletta ed estrarre la piccola garza che contiene le foglie secche e sminuzzate del tè.

«Dove l'hai preso questo?»

Si è avvicinato ancora, ha spostato indietro la sedia, si è seduto, togliendosi la sacca con un gesto veloce. Era più vicino, potevo osservare il labbro, e davvero tremava, gli occhi erano lucidi. Ho chiuso l'acqua, che scendeva sulla pentola, appena a fianco dello scolo, e usciva dai bordi.

Ha posato il libro sul tavolo, era spesso, con molte pagine, l'ha aperto a metà, a quella indicata dal segnalibro di cartone che stava dentro e che io non avevo notato.

Non lo avevo nemmeno sfogliato.

«Ho lavorato per tua madre e sono stata con tua nonna per tre anni, fino al sei luglio, e i libri me li ha regalati lei.»

«Questo? Ti ha regalato questo?»

Ci ho pensato. La signora Maria era cieca, non sceglieva lei i libri che mi dava.

«Anna, prendine uno e tienilo. È tuo» mi diceva. Io li sfilavo a caso dalla mensola, qualche titolo lo conoscevo, ma i più no, non li avevo mai sentiti nominare, di alcuni mi piaceva la copertina, oppure leggevo la trama dietro, quando non erano stati fasciati da suo marito, che li avvolgeva con la carta colorata e poi trascriveva titolo e autore con il pennarello nero, su un'etichetta bianca, al centro della carta.

Me l'aveva detto Maria che era stato lui a rivestirli, si sarebbero rovinati gli angoli.

Non parlava quasi mai di suo marito, ma la casa ne era ancora piena dopo quindici anni dalla sua morte. Intanto c'era il letto, singolo, gemello a quello dove dormiva lei. L'avevo trovato fatto, con le lenzuola pulite e le coperte rincalzate come se quell'uomo avesse dovuto sdraiarcisi da un momento all'altro, dopo aver posato le ciabatte ben ordinate sotto il comodino. Nell'armadio, c'erano le camicie bianche, stirate, piegate e riposte negli scaffali una sopra l'altra, e le cinture, arrotolate, di cuoio scuro. C'erano alcune paia di pantaloni beige e dei pullover, con lo scollo a V, di una taglia grossa, extralarge, e la biancheria, mutande, canottiere chiare a costine e calzini di filo blu.

E poi le enciclopedie d'ingegneria navale, che occupavano una libreria intera in ingresso e di certo non erano letture della signora Maria. I quadri di marine, di navi da battaglia appesi alle pareti in sala e le pipe sulla credenza, le carte da gioco e la lente d'ingrandimento, gli orologi a cipolla e una rivista di parole crociate lasciata incompiuta con la data della settimana in cui lui, all'improvviso, era morto.

Maria non voleva che nessuno toccasse niente e aveva quel tono nella voce, di chi è abituato a dare ordini e comandare, per cui nessuno, né sua figlia né altri avevano pensato di contraddirla, o provato a convincerla a mettere via.

«Cosa sei, una specie di vendetta divina?» mi ha chiesto Giovanni. Avevo acceso il fuoco nel primo fornello, quello più piccolo, tenevo in mano il pentolino con l'acqua, ora. Il mio cuore batteva forte.

«Tua nonna mi parlava di te. Ho avuto voglia di conoscerti.»

Non avevo fatto nulla di male a cercarlo, perché mi accusava così? Ho rivisto Maria da morta, mentre alzavo la fiamma sotto la pentola. Lei, e lo spazio vuoto quando il letto era stato tolto per fare posto alla bara, là dove mi ero seduta dopo che gli uomini delle pompe funebri avevano portato via la cassa, ero grossa e pesante come una balena, con la pancia gonfia e il bambino ancora mio, dentro di me. Avevo sentito l'aria densa, come se la vecchia fosse lì, dopo che aveva passato tutti quegli anni chiusa nella stanza, non era bastato portare via il corpo, il suo spirito c'era, e mi aveva fatto paura.

Giovanni ha chiuso il libro di scatto. Si è alzato.

«Devo andarmene» ha farfugliato. L'ha tenuto stretto nella mano, ha camminato fino alla porta, ed è uscito.

Ho sentito il rumore dell'acqua nel pentolino che aveva iniziato a bollire e scoppiettava, la porta si era richiusa con un colpo, Giovanni doveva averla sbattuta. Ho girato la manopola del gas, le bolle si sono placate.

22

Non mi sembrava vero quello che era successo. Ho guardato gli scaffali, e il posto vuoto lasciato dal libro che Giovanni si era portato con sé.

Non ho potuto dormire, quella notte, se n'era andato via così. Cercavo di ricordarmi qualcosa, un dettaglio su di lui che mi era sfuggito, che cosa era successo? Non lo sapevo, non sapevo nulla, in fondo.

Non l'avevo chiamato, né inseguito, no, quando era uscito, perché non me lo aspettavo, volevo solo sedermi di fronte a lui, e parlare.

Mentre salivamo le scale, in silenzio, dopo che aveva legato la bici alla ringhiera vicino al cancello della fabbrica dismessa, mentre i suoi passi battevano sui gradini, uno dopo l'altro, e i miei dietro i suoi, cercavo di immaginarmi le parole, cosa gli avrei detto, e cosa no. Mi avrebbe fatto delle domande e raccontato perché, quel giorno di luglio, non era venuto a dire addio a sua nonna. M'interessava, mi ossessionava, perché forse lui era come me, anche lui aveva lasciato la sua casa e la sua famiglia, senza tornare indietro.

Non avevo fatto in tempo a seguirlo, non avevo compreso quello che stava accadendo, e lui era già uscito, la porta di casa aveva sbattuto con un colpo forte. Non conoscevo il suo indirizzo, né il suo numero di telefono, avrei dovuto attendere fino al martedì successivo per rivederlo, ma non potevo aspettare, improvvisamente tornava in me la fretta che le cose accadessero, l'urgenza di averlo di fronte, Giovanni, con quello sguardo che sembrava accusarmi.

Poi, a un certo punto, mi sono addormentata.

Mi ha svegliato il suono del citofono. Era la prima volta che lo sentivo, e non ho realizzato subito che fosse per me, che qualcuno suonasse proprio a casa mia, ero nel pieno del sonno.

Doveva essere davvero tardi nella notte quando finalmente ero crollata, e adesso, guardando l'ora mi accorgevo che era passato mezzogiorno. Ho premuto l'interruttore per aprire la porta. Ho aspettato il tempo che serve a salire le scale e intanto mi sono sciacquata la faccia, forse era lui, Giovanni, si sarebbe scusato per com'era andato via, e io per quello che avevo detto.

«È qui?»

Ho sentito una voce, fuori sul pianerottolo, mi sono avvicinata. C'era la madre di Ramona, indossava una giacca a vento sopra la tuta da lavoro. Ho spalancato la porta, non mi aspettavo di vedere lei, ero dispiaciuta che non fosse Giovanni, ma sollevata, aveva un viso amichevole.

«Nonna. Che ci fai qua?»

«Stavi dormendo» ha commentato. «Dormi a quest'ora? Ma che c'avete in testa voi ragazze?»

Era entrata e si guardava in giro.

«Ti piace? Aspetta che apro le persiane», mi sono avvicinata alle finestre, «mettiti comoda. Arrivo subito.»

Si è seduta al tavolo, la nonna, aveva i capelli tenuti indietro da un fermaglio, si è sfilata la giacca.

«Non ho molto tempo, la pausa pranzo.»

Mi sono messa di fronte a lei.

«Come stai?»

«Dimmelo, tu lo sapevi che Ramona usciva con un uomo?»

Ho annuito, e poi le ho chiesto se desiderava qualcosa, se aveva fame. Mi ha fatto cenno di no con la testa, ovviamente, me l'aspettavo. Non avrebbe preso niente.

«Un bicchiere d'acqua?»

«Del rubinetto.» Ha continuato a raccontare. «Sono preoccupata, e non posso farglielo sapere. Io voglio solo il bene per lei, ma una madre non si deve impicciare. Sto pensando di tornarmene indietro da sola, ho nostalgia della mia casa. Te l'ha detto che avevamo dei cani? Forse non te l'ha detto, e chissà che fine hanno fatto. Esce tutte le sere e non lo vede più, Iulian. È il tempo di andarsene, ma non dirglielo quando la vedi. Non dirlo a nessuno, per adesso. La vita è sua, ma Iulian?»

Ha smesso di parlare, credevo che si sarebbe messa a piangere, ha bevuto l'ultimo sorso d'acqua e si è alzata in piedi.

«Mi dispiace» le ho risposto. «Magari è uno a posto, il ragazzo.»

Ha fatto un gesto con la mano, come se dovesse scacciare una mosca davanti agli occhi, come a dire figuriamoci se è un bravo ragazzo, e una smorfia nel viso, di rammarico.

Mi dispiaceva davvero per lei e non sapevo come aiutarla. L'ho lasciata andare via senza dirle nient'altro.

Più tardi, ho iniziato a leggere i titoli dei libri sugli scaffali, e ne ho tirato fuori uno. Ho aperto le prime pagine, bianche, ho sfogliato l'introduzione, poi nuovamente il titolo scritto al centro della pagina ingiallita, ho proseguito, parte prima, la frase d'inizio e quella successiva, mi sono accoccolata sotto le coperte e ho continuato. Ho letto per qualche ora, e mi sono accorta che non potevo smettere, finita una pagina, avevo voglia di girare, di andare avanti.

E così ho fatto, ho trascorso la settimana e ho letto l'intero libro, come non mi succedeva dai tempi dell'università, quando aprivo il manuale, a poche settimane dall'esame, e attaccavo senza fermarmi.

In quelle giornate universitarie, leggevo prima una volta veloce, poi una seconda, sottolineando le parti fondamentali.

Arrivava il momento atteso e programmato, se l'esame era scritto, mi sedevo davanti al foglio con i quesiti, uno dopo l'altro, sapevo come rispondere, la mia memoria funzionava alla perfezione; se era orale, rispondevo senza pensare, le parole uscivano dalla mia bocca meccanicamente. Il professore apriva il libretto, scriveva il voto, firmava, e mi diceva arrivederci signorina, avevo preso trenta.

Immaginavo che sarebbe andata così per sempre, che sarei arrivata alla laurea, secondo programma.

Poi, al terzo anno, avevo iniziato lo stage alla clinica, era il mese di aprile. Il mio insegnante stava seguendo una cavalla che doveva partorire, saura, la guardavo ed era imponente. Facevamo i turni per assisterla, le davamo da mangiare, le strigliavamo il pelo quando ce lo permetteva, spesso era nervosa, l'istinto le faceva proteggere la sua pancia gravida.

Ogni tanto lasciavo la stalla dei cavalli e mi dirigevo verso il capannone delle vacche. Era buio, poca luce filtrava dalle fessure delle inferriate, calpestavo la paglia e il fango, avevo gli stivali di gomma ai piedi.

Chiuso in una gabbia, coperto di mosche, c'era un vitello malato, era nutrito a turno dagli studenti del mio corso con un biberon di latte e medicine, spesso vomitava. Non riuscivo ad avvicinarmi, frastornata dall'odore del latte e dello sterco, dolce e acido insieme.

Per due mesi, mi ero alternata con una mia compagna, dormivamo in foresteria, dovevamo avvisare subito se fosse accaduto qualcosa, se la cavalla avesse iniziato il suo travaglio, ma così non era successo, il sabato notte nessuno era rimasto.

Io non passavo in clinica dal venerdì, ero stata a casa, avevo litigato con mio fratello, e poi, la mattina dopo, avevo deciso di andarmene, di smettere di sognare il parto della cavalla, di vegliare inutilmente sul vitello malato, e cercarmi un lavoro, guadagnarmi da vivere.

Non tornai più alla clinica e non vidi la cavalla partorire il suo puledro.

«Dovresti proprio esserci! Dovresti almeno passare a trovarlo» mi aveva detto la mia compagna, a cui avevo telefonato, dopo aver accettato il lavoro a casa di Maria.

«La cavalla ha partorito domenica, quando non c'era nessuno. Il piccolo se ne sta attaccato alla mamma, già bello dritto sulle zampe, poi ogni tanto rotola a terra, lì nel recinto. L'abbiamo chiamato Antonio, abbiamo guardato sul calendario e ieri era Sant'Antonio da Padova.»

Io non avevo detto niente.

«A proposito» ha aggiunto poi, quando stavo per riattaccare, «hai presente il vitellino malato? È morto venerdì sera.»

Nella mia mente, ora vedevo il capanno delle vacche. La gabbia vuota, le mosche che ronzavano nell'aria, l'odore dello sterco mescolato alla paglia e al fango.

23

Martedì pomeriggio ho finito di leggere le ultime pagine del romanzo, quel libro mi aveva distratto da Giovanni. Per tutta la settimana avevo lottato per non pensare a lui, a quello che sarebbe successo a danza, per non ricordare Maria, o suo marito, ma in verità, non ci riuscivo.

«Annina.»

Ogni tanto Maria mi chiamava così, e mi pregava: «Per favore prendi la scatola di mio nipote e vieni qui».

A quella richiesta, sapevo che avremmo trascorso l'intero pomeriggio a parlare di lui, ma l'idea non mi dispiaceva, stranamente, non ero seccata al pensiero di ripetere ancora a Maria che cosa c'era dentro, lo sapevo ormai senza neanche aprirla, eppure lo facevo, la prendevo dall'armadio.

Pensavo che la vecchia fosse pazza, per l'amore che ancora aveva per suo nipote e per tutto quello che gli era appartenuto, che lei aveva conservato come i cimeli di un museo, ma allo stesso tempo ne ero attratta. Nessuno aveva mai fatto una cosa del genere per me.

La scatola di Giovanni conteneva i suoi primi disegni, scarabocchi su fogli ingialliti, un pezzetto di carta a quadretti, dove si leggeva, con la scrittura da bimbo, una frase: "Cari nonni vi voglio bene, Giovanni", le prime scarpine da danza, consumate, una busta di plastica con una ciocca di capelli biondi, alcune fotografie di questo bambino, magro, insieme ai suoi compagni, in posa, le braccia alzate e le dita delle mani tese a incontrarsi una con l'altra; il biglietto per *Lo Schiaccianoci*, il primo balletto che Giovanni aveva visto, a dieci anni, accompagnato da Maria, come lei precisava sempre a quel punto, gli aveva tenuto la mano per tutto lo spettacolo, perché lui era un bambino sensibile, quella musica lo aveva rapito, così diceva, prima di riaddormentarsi.

Ricordare la stancava, e spesso, dopo avermi raccontato, si riposava per qualche ora.

Io non riponevo subito la scatola, e fantasticavo su di loro, immaginavo Maria più giovane, che spingeva i bottoni nelle asole del cappotto di suo nipote prima di uscire da casa, lei forse sistemava il collo di pelliccia della giacca, dava un'ultima occhiata al suo aspetto davanti allo specchio in corridoio, si sfregava le labbra per controllare che il rossetto fosse a posto, e poi prendeva ben stretta la manina del bimbo tra le sue.

«Adesso possiamo uscire» diceva, «andiamo a teatro.»

Sono entrata nella sala scalza, come sempre, il martedì successivo; ero la prima, ho visto Giovanni, di schiena, stava sistemando il cd dentro lo stereo. La musica suonava a volume basso, come a indicare che la lezione sarebbe iniziata a breve. Lui si è voltato verso la porta, io ho tenuto lo sguardo lì dove ho incontrato i suoi occhi, ma lui li ha distolti subito e si è messo a camminare, come se non mi avesse visto, ma c'ero solo io. Non mi ha salutato, come se non fossi stata davanti a lui.

Mi sono stesa a pancia in giù, ho sentito dei passi, alcuni compagni di corso erano entrati e si stavano sdraiando, nella posizione che permette di prendere contatto con la terra, prima di muoversi.

Giovanni ha iniziato a dare le sue istruzioni, mentre qualcuno ancora stava arrivando, o s'infilava le calze ai piedi, o una maglia.

Suggeriva di alzare i gomiti, di tastare con il palmo delle mani lo spazio intorno, e spingere con le braccia da distanze diverse. Qual era lo spazio da mantenere perché la forza delle braccia potesse far avanzare l'intero nostro corpo, come se fossimo stati gli animali primordiali che dall'acqua sono passati alla terra ferma?

Non riuscivo a farlo, improvvisamente ero bloccata. Ascoltavo la sua voce allontanarsi dal centro della sala e raggiungere un danzatore sdraiato, scendere per aiutarlo nell'esercizio.

Non mi sono mossa, l'emozione mi ha sopraffatto, ero invisibile e per tutto il tempo della lezione, lunga e difficile per la prima volta, Giovanni non mi ha mai rivolto la parola, né uno sguardo. Lo sentivo passarmi a fianco, e mi bloccavo, smettevo di respirare, aspettavo un cenno da lui, un gesto della mano, un tocco sulla schiena che mi avrebbe permesso di danzare.

Non riuscivo a saltare, a spingermi verso l'aria, verso il cielo, qualcosa rendeva il mio corpo pesante, il bacino fermo, il respiro affannoso, le braccia chiuse. Non trovavo in me nessuna energia, avevo bisogno che lui mi vedesse, ma non mi vedeva.

Avevo rovinato tutto. Dovevo stare zitta, perché ora non avremmo più ballato insieme, non si sarebbe neanche avvicinato a me, no di certo, forse mi considerava folle per averlo cercato, per averlo seguito fino a Torino, per aver portato con me i libri di sua nonna, sospettava che li avessi rubati, mi credeva una ladra, non avrebbe mai più posato la sua mano sulla mia pancia, o sulla mia schiena, per aiutarmi a vibrare, a scendere verso terra, a volare verso l'alto.

Questo era essere invisibile, lo pensavo mentre m'incamminavo veloce verso casa, mentre scappavo via da lì. Giovanni mi rifiutava.

Questa era la mia colpa: io avevo rifiutato il bambino cresciuto nella mia pancia, non lo avevo voluto vedere, gli avevo negato il mio abbraccio, il primo gesto che l'essere umano riceve quando viene al mondo. Non mi meritavo più niente.

Ho fatto le scale di casa correndo, senza più fiato, volevo solo entrare, chiudermi dentro.

Ho aperto l'acqua, l'ho fatta scorrere, calda, e ho visto il fumo e il vapore salire. Non mi sono neanche spogliata, ma sono entrata nel vano della doccia con i vestiti addosso e ho gridato, forte, e premuto con le braccia contro le piastrelle, con la schiena, con la testa, ma il muro non è venuto giù, non ho sfondato le pareti, non avevo abbastanza forza. Ho gridato di più, e sono scesa sotto il getto bollente, fino a sentirmi stremata.

Poi, ho richiuso il rubinetto, e allora, nel silenzio, ho sentito qualcuno che dava dei colpi alla porta, in lontananza.

Ero spossata, senza forze.

Sono uscita ed ero fradicia, ho portato con me una scia d'acqua, e ho trovato Giovanni davanti all'ingresso.

«Stavo per andarmene» ha detto. Mi ha guardato, dovevo essere rossa in viso, mi facevano male gli occhi e tremavo, avevo freddo, ma in realtà bruciavo.

«Posso entrare?» mi ha chiesto, sembrava agitato.

Ho fatto qualche passo indietro per lasciargli lo spazio e lui mi è venuto incontro, ha allungato le braccia verso i miei abiti bagnati e ha toccato la maglietta, ha messo la mano lì, sulla stoffa, ha stretto le dita e gocce d'acqua sono cadute in terra, ha abbassato gli occhi sui miei piedi scalzi.

«Dove hai gli asciugamani?»

È tornato dal bagno, teneva alcuni asciugamani, e ora me li stava porgendo.

Non avrei trovato pace, se lui non avesse cominciato delicatamente a sfilarmi la maglietta, e se non si fosse chinato per far scendere i pantaloni, e se non mi avesse avvolto con l'asciugamano per stringermelo addosso.

Continuavo a tremare, ma mi sentivo improvvisamente viva, di nuovo.

Poi si è seduto, prendendo una sedia dal tavolo, mi guardava, e quel modo, ora, mi dava una sensazione di calma. Era lì, avrebbe potuto restare di fronte a me per sempre.

«Sono venuto a portarti indietro il libro» mi ha detto. «Era di mio nonno.»

Non ho risposto, lui è andato avanti.

«Te lo riporto, perché non mi appartiene. Scusa se l'ho preso, ho agito d'impulso, ma se è finito nelle tue mani dev'esserci un motivo, e sarai tu a comprenderlo. Ti voglio raccontare qualcosa su questo libro.»

«Sì» ho detto, il mio respiro era regolare, profondo, stavo in attesa di sentire cosa aveva da dire. Mi sono stretta l'asciugamano addosso.

Giovanni ha iniziato con un filo di voce, e ha sciolto davanti a me le sue parole, in un flusso continuo. Da quel momento non potevo interromperlo. Non lo sapevo da quanto tempo avesse quel discorso dentro di sé, non sapevo nemmeno se ero la prima ad ascoltarlo, o se questo che stava accadendo era un rituale che lui aveva già compiuto e che poteva ripetere ancora. Non importava, c'ero io ora, quindi la sua storia mi riguardava. Di sicuro, quello che aveva da dire veniva dal passato, quando lui era un ragazzino, e credeva di avere una vita meravigliosa.

Era cresciuto con sua nonna, a sette anni era diventato ballerino di danza classica. Tutto questo già lo sapevo. Ho preso una sedia e l'ho portata davanti alla sua, a pochi passi di distanza.

Era concentrato, aveva gli occhi umidi, la pelle chiara, i peli della barba che erano cresciuti, che lui non aveva tagliato, alcuni erano bianchi. Notavo per la prima volta le rughe ai lati delle labbra e sulla fronte, mi è sembrato vecchio.

«Vediamo se trovo le parole per spiegarti» mi ha detto, «sei arrivata nella mia vita come una specie di resa dei conti, e stasera accetto questa sfida, farò con te l'esercizio di raccontarti cosa mi è successo. Vediamo se riesco. Mia nonna mi ha cresciuto, tu l'hai conosciuta, questo mi hai detto, avrai visto il suo carattere, e forse hai conosciuto mia madre. Eravamo tutti sotto Maria. Una specie di grande dittatrice, o qualcosa del genere.»

Maria, sdraiata nel suo letto, secca, magra, la pelle molliccia che scendeva dalle ossa e dai pochi muscoli, e i seni che le cascavano di lato, sotto le ascelle, negli ultimi giorni prima di morire, Maria che urlava perché non riusciva a fare la cacca, e sua figlia, china tra le sue gambe, che le diceva: «Mamma spingi!».

Poi Graziella prendeva lo spray per le piaghe, voleva farlo lei, passarlo lei sulla pelle rovinata tra le cosce, nel sedere, sotto le ginocchia.

«Ci sono io, mamma. Non ti preoccupare. Sono qui» le sussurrava, ma Maria non era più lucida, e non la sentiva.

Ho socchiuso gli occhi, piegandomi verso terra, ho appoggiato la fronte tra le mani, la voce di Giovanni arrivava alle mie orecchie come un sussurro, una voce interiore nella notte, poteva essere un sogno. Era così strano che lui fosse lì a raccontarmi di Maria, così come Maria mi aveva raccontato di lui. Mi trovavo al centro tra loro.

Quando Giovanni era piccolo, e a casa arrivava suo padre, Graziella lasciava il bambino dai nonni, per restare da sola con lui. Poi, quell'uomo aveva smesso di andarli a trovare, ma Maria aveva continuato a occuparsi del nipote, con la scusa che Graziella lavorava tutto il giorno, ed era da sola, finché Giovanni non si era trasferito direttamente da loro.

E poi, un giorno, a ventisette anni, quando era ormai un ballerino professionista, era successo qualcosa.

«La danza classica non ammette sbavature» mi spiegava, parlando lentamente, «ma i ballerini spesso crollano, perché quel tipo di lavoro non parte dal respiro, dalle proprie radici. Sei in aria, salti, ma non sai da dove arriva la forza, per cui rischi di cadere, di farti male, anche se credi di essere un dio perché stai volando.»

Mentre parlava, ogni tanto aprivo le palpebre e lasciavo che la poca luce e i contorni della sua immagine rientrassero nei miei occhi. Poi, anche lui ha socchiuso i suoi, ed eravamo entrambi al buio, dentro il suo racconto.

Quel giorno c'era un gran sole, Giovanni stava preparando *Canto Pastorale*, un balletto sulla sinfonia n. 6 di Beethoven. Ha staccato alle dodici, come sempre si è diretto a casa di Maria, per il pranzo. È arrivato e in salotto ha trovato suo nonno che leggeva.

A questo punto ha smesso di parlare. C'è stato un silenzio per un po', e mentre io aprivo gli occhi lo stava facendo anche lui. I nostri sguardi sono finiti dritti uno dentro l'altro. Potevo allungare il braccio e toccarlo, ma non l'ho fatto, non ho fatto in tempo, perché in quell'attimo ha girato la testa, cercava la sua borsa, e si è chinato a prenderla, ha tirato fuori il libro che ora mi riportava indietro. Ho guardato le sue mani.

Quel libro non significava nulla per me. L'avevo messo nel sacchetto insieme agli altri, me li ero portati via a testimoniare che i tre anni da Maria erano veramente accaduti, che io me ne ero andata di casa, e che la vecchia era cieca, che non poteva più leggerli tutti quei libri di cui si era circondata ma, allo stesso tempo, ancora cercava di spiegarsi la vita attraverso il gioco di leggerne un pezzo lì, tra le pagine, rubandolo al personaggio di un romanzo, qualcuno che non era esistito.

Maria mi aveva detto: «Vuoi sapere qualcosa di me? Apri una pagina e scegli una frase».

I libri per me erano solo un gioco che avevo imparato a replicare, senza che riuscissero a spiegarmi davvero quello che mi stava capitando. Forse aveva ragione Iulian, quelle frasi non significavano nulla se non si sapeva cos'era successo prima, e se non si poteva andare avanti a scoprire il dopo, come accade quando leggi un libro per intero, tutto d'un fiato; e così, durante la settimana, lo avevo fatto, dalla prima pagina all'ultima, avevo vissuto la vita di un romanzo.

«Mio nonno stava leggendo questo» ha continuato Giovanni. L'ha aperto alla pagina indicata dal segno.

«Forse a mezzogiorno non era ancora arrivato qui, a questo punto» ha detto, «forse era qualche pagina prima. Era seduto in poltrona, assorto nel suo romanzo, quando sono entrato. Poi abbiamo mangiato la carne impanata con le patate fritte, io e i miei nonni, e nessuno immaginava che quello sarebbe stato l'ultimo pasto. No. Non puoi immaginare quando le cose stanno per finire. Dopo, puoi solo ricostruire i pezzi» mi ha detto. «Puoi ripetere la sequenza delle azioni e delle parole e cercare un senso. Un senso che non ti servirà a stare meglio, a sentire meno male, a perdonarti, non ti servirà a niente, ma comunque cercherai sempre di ricostruirlo.»

Ho iniziato a tremare forte. Avevo la pelle d'oca, freddo ai piedi, avevo i capelli bagnati.

Questa era la sua confessione. Giovanni era solo con se stesso in quel momento, anche se io mi trovavo davanti a lui, non mi guardava davvero, ma una confessione richiede sempre qualcuno che ascolti, ed ero io il suo spettatore.

Quel giorno a pranzo Giovanni ha avuto una discussione violenta con suo nonno, perché forse il nonno era arrivato al limite, non la sopportava più quell'intimità, tra Maria e suo nipote, quel luogo di amore cui nessun altro aveva avuto accesso, né lui né Graziella.

«Sprechi la tua vita» gli ha detto il nonno. Voleva che accettasse un posto in una compagnia in Belgio, per uno spettacolo.

«Perché non lo lasci andare?» si è rivolto poi a Maria. «Lascialo libero.»

«E, come uno stupido, non avevo capito cosa intendesse» ha detto Giovanni.

Io mi sono alzata in piedi, ero a pochi centimetri da lui, sentivo il suo respiro, il suo odore. Tenevo i piedi fermi sul pavimento, ma mi girava la testa.

«E ho risposto che non era la nonna che m'impediva di partire» ha continuato lui. Parlava fitto, sempre più veloce, come se adesso avesse fretta di abbandonare il racconto, di mollare lì davanti a me la sua vergogna, e non riprenderla più.

«Ho sbattuto il bicchiere sul tavolo, c'era del vino dentro, si è frantumato, perché ha colpito la bottiglia, e la tovaglia bianca si è macchiata di rosso, mia nonna si è alzata di scatto, per correre ad asciugare, non diceva mai nulla in quelle discussioni, prendeva sempre le mie difese dopo, quando rimaneva sola con lui. Mi sono girato verso mio nonno e gli ho detto: "Non mi rompere i coglioni. Guarda piuttosto com'è andata la tua vita, con la camicia sempre stirata e i letti separati. Non hai nulla da insegnarmi, quindi non mi rompere i coglioni". Gliel'ho ripetuto di nuovo.»

Io mi sono avvicinata ancora a Giovanni, un piccolo gesto in avanti, e volevo allungare le mani verso il suo viso per accarezzarlo, ma i miei pugni resistevano ancora a tenere l'asciugamano intorno al corpo che sotto era nudo.

«Mio nonno non ha potuto finire di leggere, non l'ha mai saputo come andava a finire quel libro» ha aggiunto lui a quel punto «perché si è alzato dalla poltrona, quando Maria è arrivata in salotto con la carne e ci ha invitato a venire a tavola, lui ha messo il segno, e si è seduto al suo posto. "Te ne devi andare da qui" mi ha detto. "Mi hai mancato di rispetto."

Io mi sono alzato, ho preso le mie cose e sono uscito sbattendo la porta. C'era il sole caldo e non avevo finito il mio pasto, sono rientrato in sala prove prima del solito e ho messo su la sinfonia n. 6, il *Canto Pastorale,* ho alzato il volume, ma non riuscivo a danzare. Allora ho ascoltato quella musica, il punto della sinfonia in cui arriva la tempesta a scuotere la quiete del paesaggio di campagna, ma non sono riuscito a muovermi.

Ho dormito da un amico quella notte, e solo il giorno dopo ho saputo che quando mio nonno si è alzato da tavola ha avuto un infarto.

Maria era furiosa: "Io non ti posso sopportare più, non ti ho mai sopportato" gli ha detto, "levati dalla mia vista".

Queste sono state le parole che gli ha rivolto, "levati dalla mia vista", sono state le ultime, perché lui, con il piatto in mano, si è alzato da tavola ed è morto.

Mia nonna, e questo sicuramente lo sai, si è ammalata agli occhi, alla fine è diventata cieca, e mia madre ha iniziato a occuparsi di lei, come non ha mai fatto con me.

Non ho danzato mai la sinfonia, lo spettacolo non ha debuttato, perché qualche tempo dopo, durante le prove, saltando, mi sono spaccato la gamba destra. Ho portato il gesso per molti mesi e ho abbandonato la danza classica.

Ho fatto quello che voleva lui, me ne sono andato. Ho incontrato la tecnica e la filosofia della danza sensibile. Ho decostruito il mio corpo, ho ricominciato da zero, ho abbandonato gli schemi e il rigore, e ho scoperto che tutto è molto più semplice, basta conoscere la sorgente del movimento, il punto di origine della forza, e si può volare davvero.

Non potevo venire ai funerali di mia nonna, né a salutarla quando era in fin di vita. Non potevo farlo.»

«C'era tua madre» ho sussurrato, e il suono della mia voce dopo tanto silenzio mi ha fatto stridore. «Tua madre è stata con lei» ho continuato, respirando, «se n'è presa cura.»

Ero così vicina a lui che le punte dei nostri piedi e delle nostre ginocchia quasi si toccavano e se avessi lasciato andare l'asciugamano le mie mani sarebbero scese di poco sulla sua fronte, ad accarezzarlo.

Lui ha alzato la testa, e mi ha guardato.

24

Sono scivolata ancora in avanti, le mie gambe hanno toccato le sue, ha aperto le braccia, con le dita ha fatto cadere il mio asciugamano, e io mi sono trovata in braccio a lui. Ho cercato un posto per appoggiare la testa tra la spalla e il cuore; tenevo gli occhi chiusi, sentivo il suo odore, il battito e l'aria entrare nei polmoni e poi uscire, lenta. Mi ha accarezzato i capelli bagnati con le mani, ed è sceso fino a cercare le mie dita. Le ho mosse per sfiorare le sue e poi stringerle tra le mie, intrecciate.

Poi si è alzato, portandomi con sé, mi ha stretto come una bambina, muovendosi verso il letto, mi sono sdraiata, e lui dietro di me.

Ho sentito i nostri corpi stanchi e frastornati dalle parole coincidere, uno a fianco all'altro, il mio quasi nudo, ora più tiepido, il suo viso contro i miei capelli, la mia schiena contro il suo petto, i miei fianchi e il suo bacino, le ginocchia, fino ai piedi. Siamo stati in silenzio, così, a lungo.

Lì, con gli occhi chiusi, ho visto all'improvviso il padre del mio bambino, la sua casa, grande, e le persone che giravano da una stanza all'altra. E ho rivisto la faccia di Simone di fronte alla mia, dopo che aveva chiuso la porta della stanza, le occhiaie scure, e il suo corpo appuntito contro di me, agitato, mentre mi sbottonava i pantaloni e con una mano mi stringeva il braccio sempre più forte.

Mi sono girata verso Giovanni, mi guardava. Si è mosso per accogliere la mia nuova posizione, ho cercato con l'orecchio il suo cuore e lì sono rimasta. Non so quanto è trascorso prima dell'arrivo del sonno, forse è stato il tempo più lungo della mia vita, forse è durato qualche minuto, ma quel tempo dell'abbraccio dei corpi, nel silenzio e nella penombra, mi ha lasciato addosso un tepore sconosciuto, una scrittura nuova della mia memoria.

Quando ormai dormivo profondamente, mi sono sentita chiamare. Ho aperto gli occhi. Intorno, il buio, e Giovanni seduto sul letto.

«Anna, vestiti» mi ha detto.

Mi sono girata dall'altra parte, il sonno mi richiamava a sé con prepotenza, non capivo cosa stesse accadendo.

L'ho sentito ripetere il mio nome, alzarsi in piedi, mi sono sollevata di scatto.

«Che ore sono?»

«Quasi le cinque...»

«Le quattro e mezzo» ho ribattuto, guardando l'orologio.

«Non posso dormire. Voglio portarti in un posto.»

«Dove?»

«Vestiti.»

Mi sono alzata barcollando leggermente, mi sono diretta in bagno per cercare un paio di pantaloni e una maglia da indossare. Ho preso il maglione di lana e me lo sono infilato.

Fuori, mi sono seduta sulla canna della bici. Lui pedalava con forza. Tremavo di freddo, ma ero protetta dal calore del suo corpo grande dietro di me.

«Stiamo andando a prendere l'auto» ha detto soltanto, «faremo un pezzo di strada abbastanza lungo, voglio arrivare prima che faccia luce.»

In macchina non ho chiesto dove mi stesse portando, di sicuro non ero sveglia né cosciente come lo si è durante il giorno, siamo rimasti in silenzio, solo il rombo del motore, nient'altro tra di noi. Non c'era nessuno per strada e lui ha tirato dritto per un lungo viale fino a uscire dalla città. Osservavo i lampioni e mi giravo a guardarlo mentre scalava le marce a scatti, come se non avesse dimestichezza alla guida, come se guidare, in fondo, non lo riguardasse davvero.

Quando ha spento il motore tutto improvvisamente è diventato silenzioso.

Abbiamo camminato per un pezzo, poi Giovanni ha iniziato a parlare, piano, a voce bassa.

«Tra poco entreremo in un luogo simbolico» mi ha detto, guardandomi serio. «Togliti le scarpe» ha aggiunto.

E così ho fatto, come lui.

Ho camminato per alcuni passi, scalza, e l'asfalto era freddo e umido sotto i miei piedi.

Finalmente, di fronte a me, ho visto il bosco. Ci siamo addentrati tra i rami. Ho alzato lo sguardo al cielo e a poco a poco dall'oscurità sono emerse le sagome degli alberi, delineate dalla luce della luna.

Giovanni mi ha preso per mano, ho stretto forte la mia alla sua e ci siamo mossi piano sulle foglie, sull'erba, sulla terra e sulle pietre.

«Prova a non guardarti i piedi» mi ha sussurrato, «porta lo sguardo dritto davanti a te, dai fiducia alla tua terra e alla tua pancia e non ti succederà nulla. Non ti puoi far male.»

Ho sentito il grido di un uccello, mi sono fermata. Quando ho ripreso a camminare, ho smesso di cercare di vedere dove stavo andando. L'erba era umida, la terra morbida, ho calpestato piccole pigne e rametti di legno, le foglie frusciavano sotto i miei piedi, intorno, il bosco era immerso nella notte.

A un certo punto, ci siamo diretti verso un albero, abbiamo rallentato il passo e Giovanni ha alzato un braccio e allungato una mano, ha aspettato così, con le dita sospese e tese, io lo guardavo, poi l'ha posata sulla corteccia, e dopo un po' anch'io l'ho imitato, con delicatezza.

Era come se ci volesse un certo tempo per avvicinarsi all'albero, come se non si potesse entrare troppo in fretta nello spazio intorno alla corteccia, nella sua intimità.

Appena ho appoggiato la mano, mi sono accorta che il battito del mio cuore accelerava e forse anche quello di Giovanni, e riuscivo a sentirlo, la notte amplificava quella sensazione, e il ritmo del battito si propagava sino alle punte delle nostre dita appoggiate insieme sulla pelle ruvida del tronco.

Ho sentito un'emozione forte salire dal centro del mio corpo e percorrermi la pelle.

Ho alzato la testa per guardare, e la sua cima era alta, fitta di rami che andavano verso ogni direzione. Riuscivo a distinguere precisamente i disegni delle foglie, mentre spostando di poco le mani sentivo qualcosa di umido e morbido come se fosse muschio attaccato alla corteccia, e resina appiccicosa sotto i miei piedi e terra bagnata.

Giovanni è sceso lentamente fino a sedersi, ho appoggiato la schiena all'albero e sono rimasta a guardarlo. Anche lui mi ha guardata un istante, poi si è girato rotolando davanti a me e il suo sguardo ha lasciato il mio. Ha iniziato a danzare, prima muovendosi lento, poi, nel rotolare sulla terra, alcune parti del suo corpo si sono sollevate, con quel ritmo altalenante di apertura e chiusura che caratterizza la sua danza e che è il ritmo stesso della vita.

Dopo poco, ha accelerato i suoi gesti e la danza si è trasformata in un'energia vorticosa.

Le mie mani sfioravano la corteccia dell'albero, ruvida a tratti e viscosa e umida in altri, mi sembrava la pelle di un corpo grande che mi avvolgeva e sosteneva, prolungamento della mia colonna e della mia verticalità, dritta in quell'istante come non ero mai stata.

Mi sono staccata dal tronco di colpo, sono scivolata verso la terra anch'io e un odore forte di umido ha invaso le mie narici. Lui stava seduto di fronte e respirava intensamente, lo intravedevo nel buio, ha abbassato leggermente la testa e sollevato lo sguardo nella mia direzione, ho socchiuso gli occhi, e la sua mano è arrivata a posarsi all'altezza del mio cuore.

Da quel tocco ho sentito che mi stava spingendo, m'invitava a muovermi, e ho riconosciuto l'esercizio che avevo fatto in palestra con altri allievi e che tante volte mi aveva lasciato a disagio. Ho accolto la direzione che mi stava indicando mentre mi giravo per continuare il movimento, lui veniva con me nella continuità del gesto che aveva compiuto.

Stavo danzando. I rami degli alberi ondeggiavano leggermente e si sentiva l'urlo di un uccello notturno.

Quando mi sono rialzata, e lui anche, ho visto foglie e terra sul suo corpo, addosso ai suoi vestiti, mi sono guardata, ho passato una mano sui capelli e mi sono messa a ridere.

«Sta facendo chiaro» ha detto lui.

Quando Giovanni ha spento il motore davanti a casa mia, aveva un'espressione seria. Si è scostato leggermente, e così anch'io mi sono mossa per scendere.

«Ora vai» mi ha detto. «Io ho bisogno di tornare a casa, e di pensare a quello che è accaduto.»

«Sai, ho trascorso molta parte della mia vita arrabbiato» ha continuato, che ero già fuori dall'auto ma ancora non avevo chiuso la portiera, ritardavo l'istante.

Ormai era giorno pieno, i suoi lineamenti mi sembravano dolci, aveva il viso stanco, gli occhi arrossati.

«Adesso è cambiato tutto, ma ci è voluto tempo, e ora devo andare. Ho bisogno di stare un po' da solo.»

Ho fatto un cenno con il capo, di assenso. Ho lasciato andare la portiera, ho osservato la macchina ripartire e poi ho cercato le chiavi di casa nella tasca dei pantaloni.

Mi sono infilata di nuovo a letto, e lì era rimasto il tepore dei nostri corpi insieme. L'ho assaporato, ripensando a tutto quello che era accaduto nelle ore da poco trascorse, e mi è sembrato di aver vissuto una vita nuova, che non era la mia.

Giovanni era stato lì, in quel letto.

Alcune persone dormono accanto per tutta la vita, appoggiano il sedere uno contro l'altro, le schiene, conoscono la grana reciproca della pelle, il freddo dei piedi, il corpo dell'altro nel sonno, condividono i sogni.

Io e Giovanni lo avevamo fatto per poche ore, ma avevo ancora il suo corpo addosso, ne avevo registrato la forma.

Ho riaperto gli occhi dopo un po', ho guardato la stanza intorno, ero lucida e sveglia ora, mi sentivo riposata.

Mi sono alzata e sono andata verso il telefono posato per terra in un angolo, che ancora non avevo usato da quando abitavo lì. Ho alzato la cornetta e ho aspettato il segnale del ricevitore, libero.

Ho composto il numero della casa dei miei genitori. Ho sentito il segnale e ho atteso, poi qualcuno ha risposto. Era la voce di mia madre: «Pronto?».

Io ho ascoltato, restando in silenzio.

«Pronto?» ha ripetuto.

Era una voce dolce e bassa, poi ha dato un colpo di tosse, come sempre, e ho ricordato la sua tosse secca, mi sono emozionata. Ho trattenuto il fiato, perché se anche solo avessi respirato, lei mi avrebbe riconosciuto, ma forse lei lo sapeva, lo aveva saputo ogni volta in cui io solo avevo pensato di telefonarle e non ci ero riuscita, nei mesi prima, quando mi ero avvicinata alle cabine pubbliche della stazione, o altrove e non avevo saputo comporre il numero. Lei lo sapeva, che ci stavo provando.

Poi ho abbassato il ricevitore.

Mia madre, con i capelli grigi e lisci, le guance arrossate e silenziosa; e mio padre, con le rughe intorno agli occhi e il berretto di lana in testa, l'odore addosso del fuoco e della legna bruciata nel camino. Gli ulivi e le terre battute dal sole, ho immaginato di essere lì, di appoggiarmi ancora alla corteccia rugosa di un albero, con il profumo dell'erba, di vedere davanti a me la distesa calma del mare e di lasciarmi scivolare giù a danzare, nella terra dove sono nata.

Ora lo avevo imparato, potevo muovermi lenta e sola, farmi invadere dall'odore che si sprigiona nell'aria quando si dissoda il terreno; avvolgermi di polvere e fiori di campo che crescono insieme alle erbacce.

Altri corpi, poi, avrebbero potuto sollevarsi lentamente da terra e danzare.

Corpi che prima si sfiorano, un piede, un braccio, poi cresce l'energia, c'è bisogno di più spazio e di aprirsi e allora ci si scontra, ci s'incrocia, gli altri ti portano oltre le tue possibilità, a seguirne il ritmo, e si diventa uno, diviso in molte parti, che poi si separano e tornano a danzare da sole, giù nell'erba.

E avrei potuto fermarmi, infine, allargare le braccia, respirare e vedere davanti a me il cielo, azzurro e violento, attraversato dai rami degli ulivi, carichi di foglie verdi e dei piccoli frutti succosi, pronti per la raccolta.

Ho riaperto gli occhi al monolocale in cui vivo ora, all'organizzazione precaria delle cose, ho sentito di poter andare avanti a sistemare l'ordine appena creato.

Finirò i soldi presto, ma non importa, qualcosa accadrà nel frattempo, forse un giorno riprenderò il treno, farò il tragitto a ritroso, arriverò sotto casa di Maria, entrerò al bar lì vicino a ordinare un succo di frutta, e troverò ancora una volta la ragazza bionda che mi aveva invitato a uscire e, di nuovo, parteciperò con lei alla prossima festa.

Ho guardato la mia casa. Mi sono alzata in piedi.

Accanto al libro del nonno di Giovanni, c'erano le chiavi, le ho prese, ho infilato la giacca e sono uscita.

Ho fatto il giro dei palazzi delle pulizie dei quali ricordavo la strada, in cerca della nonna di Iulian.

A lei potevo raccontare quello che mi era successo, a lei potevo donare la mia confessione.

Mi sarei seduta di fronte, e le avrei parlato del mio bambino, le avrei raccontato di come l'ho partorito in modo inaspettato, in un giorno di luglio, degli occhi della morta spalancati davanti ai miei, mentre l'ostetrica mi diceva: «Ecco, sta uscendo, è andata».

Avrei potuto farle sapere che non ero pronta, che ero terrorizzata.

Non a mia madre, non a mio padre, non al padre del bambino, non avrei potuto, e nemmeno a Ramona. Non ce l'avrei fatta a raccontare, ma alla nonna sì, lei mi avrebbe compresa. Forse, perdonata.

Avrebbe custodito la mia storia, così come io conservavo quella di Giovanni, me l'aveva sussurrata nel buio.

Ora capivo il dolore di Maria, pensavo ai due letti separati nella camera che aveva diviso con suo marito, lui, che aveva assistito all'amore della moglie per Giovanni e, forse, per troppo tempo aveva taciuto. Pensavo alla solitudine di Graziella, che non aveva cresciuto il figlio, e al suo desiderio smodato di riprendersi almeno la madre, alla fine della sua vita, quando Maria non riusciva più a dirle di no, di non farlo, di non stare con lei. Graziella l'aveva lavata, il giorno prima che morisse, l'aveva asciugata, le aveva spalmato la crema sulle mani, le aveva tagliato le unghie e le aveva pettinato i pochi capelli ricci che ancora aveva sulla testa, sottili, una nuvola leggera che stava evaporando.

Dovevo consegnare la mia storia alla nonna di Iulian. Dovevo farlo subito. Sapevo che voleva partire, voleva tornare al suo paese, ma speravo, ora che la cercavo, che non avesse ancora lasciato la città, e sua figlia.

Correvo, non ricordavo bene tutti i palazzi, né sapevo l'itinerario che lei faceva ogni giorno.

All'ora di pranzo non l'avevo ancora trovata, mi sono diretta verso casa di Ramona. Ho suonato al citofono e mi ha risposto la voce squillante di Iulian, che era appena rientrato da scuola. Aveva i capelli ordinati come li ricordavo, la riga da una parte e aveva messo l'elastico agli occhiali, intorno alla nuca.

«Ho messo questo, se no mi cadono sul banco» mi ha detto. «Sto seduto in prima fila.»

Ero ancora lì sul pianerottolo, accaldata dalla camminata e dalle scale.

«Posso entrare, Iulian?»

Dietro di lui è comparsa la nonna, tranquilla, con il grembiule a fiori da casa, gli occhi verdi e sottili.

«Non sei ancora partita» le ho detto, ero sollevata. Iulian ci guardava sorpreso.

«Non ancora.»

«Nonna» ha detto Iulian, «ma tu non lo sai l'italiano.»

«Ho già lasciato il lavoro e ho comprato il biglietto del pullman» ha detto lei. «Parto il primo dicembre. Sarà un viaggio lungo.»

«Non lo sapevi l'italiano» ha ripetuto Iulian.

Eccola, la nonna era lì, davanti a me, era lì, ero sicura che mi avrebbe ascoltato.

Ho respirato, e le ho sorriso.

Ringraziamenti

La mia gratitudine va a Raffaella Lops, che ha diviso con me, interamente, questo viaggio.

Ad Andrea, per il sostegno al mio fianco. A Lea Iandiorio, per aver creduto in me negli anni della mia formazione. A Giulia Ichino, per la passione che ha permesso la realizzazione di questo lavoro. A Laura Cerutti e Margherita Trotta, per lo sguardo prezioso. Ad Angela Rastelli, per le parole di incoraggiamento. A Enya Daniela Idda, per gli insegnamenti, a Claude Coldy, per avermi fatto danzare, a Riccardo Maffiotti ed Elena Barolo, per la precisione sulla danza sensibile.

Grazie.

FSC
www.fsc.org

MISTO
Carta da fonti gestite
in maniera responsabile
FSC® C018290

Arnoldo Mondadori Editore S.p.A.

Questo volume è stato stampato
presso ELCOGRAF S.p.A.
Stabilimento - Cles (TN)

Stampato in Italia - Printed in Italy